刘成信/主编

中国杂文
ZHONGGUO ZAWEN

（百部）卷一

陈泽群集
CHENZEQUN JI

吉林出版集团股份有限公司
全国百佳图书出版单位

图书在版编目（CIP）数据

中国杂文百部．当代部分．第1卷．陈泽群集 / 刘成信主编；陈泽群著．-- 长春：吉林出版集团股份有限公司，2013.1
　　ISBN 978-7-5534-1139-2

Ⅰ．①中… Ⅱ．①刘… ②陈… Ⅲ．①杂文集—中国—当代 Ⅳ．① I26

中国版本图书馆CIP数据核字（2012）第288504号

陈泽群集
CHENZEQUN JI

出 版 人	吴文阁
作　 者	陈泽群
主　 编	刘成信
责任编辑	金方建
封面设计	梁文强
开　 本	650 mm × 950 mm　1/16
字　 数	75千字
印　 张	11
版　 次	2013年3月第1版
印　 次	2020年5月第1版第3次印刷
出　 版	吉林出版集团股份有限公司
发　 行	吉林音像出版社有限责任公司 吉林北方卡通漫画有限责任公司
地　 址	长春市泰来街1825号　邮 编：130062
电　 话	总编办：0431-86012893　发行科：0431-86012770
印　 刷	三河市华晨印务有限公司
ISBN 978-7-5534-1139-2-02	定 价：28.50元

版权所有　侵权必究　举报电话：0431-86012893

《中国杂文》(百部)
总 序

刘成信

一

　　人类的文学艺术,源远流长,丰富多彩。随着社会的推进、发展,其分门别类日益精细——从最初的歌曲、舞蹈、神话、故事等逐步演绎出诗、散文、小说、戏曲。直到上个世纪初,科学技术与文学艺术融合,又有了电影、电视剧等。

　　有一种文学艺术虽然在中国问世两千余年,由于后人未给予"名分",以致到二十世纪初,才从文学艺术谱系中分野出来,这就是古老而年轻的杂文。

　　人类和自然界大体都遵循适者生存的法则萌芽、生长与消弭。两千多年来,杂文本应与小说、诗、散文、戏剧、音乐、电影等姊妹艺术一道,繁花似锦、根深叶茂。然而,它没有像先贤们渴望的那样,而是纤弱,时生时灭,时有时无,同其他汗牛充栋的文学艺术作品相去甚远。

二

　　时序到1915年,中华文学艺术宝库迎来新曙光,一个精灵出现了——杂文在多灾多难的中华大地,被一些先知先觉的知识分子接受了!

杂文这个新成员一俟来到华夏，其特性便与众不同——首先是符合社会发展规律，它主张顺应历史潮流。它不重复生活，不还原历史，不演绎过去，而最突出展示将来，预期社会走势，判断人间是非。

杂文一俟来到华夏，便告之，它向往和平、民主、科学、自由、平等、人道、富裕及真善美；杂文憎恶专制、昏聩、愚昧、野蛮、特权、贪婪、奴性、虚伪及假恶丑。杂文与其他文学艺术既相通又有自己的特性。

杂文一俟来到华夏，就融于文学大家族，与各种文学艺术形成天然的血肉联系。它不像小说刻画人物，而是粗线条勾勒人与事；它不像诗、散文等那样纤细、抒情，而是明白如话，开诚布公。但杂文能够调动各种姊妹艺术如寓言、故事、说唱、戏曲、元杂剧等"为我所用"。

杂文一俟来到华夏，它就友好地"拿来"社会科学乃至自然科学的多种文化元素。它不是政治学，但只有不迷失政治选择，才能解析身边社会的变数；杂文不是社会学，但只有掌握瞬息万变的时代脉搏，才能适应人间丛林法则；杂文不是历史学，但人总应拨开历史雾障，略知历史长河的走向；杂文不是生理学不是心理学，但它能解剖人性、解读人生、理顺人际关系；杂文不是方法论，但它无处不闪烁思想方法光芒；杂文不是文艺学，但它评价文艺现象既深刻又形象；杂文不是美学，但每篇优秀杂文无不抨击假恶丑，无不向往美、赞扬美……

理解杂文、认识杂文，才能与杂文为友，才懂得杂文的大爱。杂文真的是半部百科全书。

三

杂文打捞历史风尘，知耻近于勇。杂文对于文化批判，社会批判，历史批判，人性批判，世世代代惹来不知多少是非。

嫉妒杂文、讨厌杂文者，甚至欲将杂文从百花园中斩草除根，所以，杂文往往难以长成大树，多少代都不能像其他文学艺术那般枝繁叶茂。有人说杂文偏激，有人说杂文片面，有人说杂文招惹是非，更有人对杂文产生各种各样的误解。以至于把杂文称之为乌鸦，恨不得把一切不祥之物都推到杂文身上。

杂文，曾为作者"惹"下多少祸根，有人曾因杂文葬送自己的大好前途，多少代杂文人曾为自己带来难以洗清的污秽。

然而，实践证明，杂文只能为民众造福，世世代代多少志士仁人，曾为杂文洗刷了一切不实之词，它为人们启蒙越来越受人们欢迎。

四

本书作者共计三百八十位，分当代、现代、历代。

我们试图把1915年《新青年》"随想录"诞生前的杂文划为历代，1915年到1949年划为现代，从1949年到当今划为当代。

1915年"随想录"之前称之为杂文，主要是根据作品性质、特点,而不是按刘勰在《文心雕龙》所谈的"杂文"。

当代作家选五十位,每人一部杂文,五十篇左右。另有合集十部,每部二十几位作家,共二百多位作家,四百多篇作品;现代作家二十位,每位五十篇杂文,七万多字,另有四十多位杂文作家,十部合集;最后选七十多位历代杂文作家,均为合集,每篇作品都有注解、题解、古文今译。

当代五十位杂文作家大体是根据五点遴选的。

一、杂文创作时间超过二十年;二、曾创作有影响的杂文作品在三十篇以上;三、曾创作经典性杂文作品;四、作品强调思想倾向的同时,艺术性也不为之忽视;五、曾在国内组织带领作家创作杂文卓有成就者。

二十多年来,我曾在助手们协助下选编各种版本杂文集五十余部,选编如此大型杂文丛书,对我是一种尝试,深知其难度。这部《中国杂文》(百部)整整花费我四年时间。杂文作品浩如烟海,读数百册杂文集、数百万篇杂文作品,难免挂一漏万,特别是这部大型丛书在国内尚无参照系,错讹在所难免,恭请诸位指正。

选编者2012年11月10日
于长春杂文选刊杂志社

目录

要不得的"家谱论"	1
墙里和墙外	4
倚墙为生的人	7
"师"和"帅"	10
门外奇谈	13
缺花的蔷薇	15
这株蔷薇未着花	18
以毒不能消毒	25
癌症与感情	27
伯牙断琴别议	30
关于闲言碎语的闲言碎语	33
如闻二"老太"唠叨	35
人,该比熊猫聪明	37
秋扇赋	39
孙大壮的笔误	44
中庸之道与改革	46
不劳远送	51

哭和拜	53
向谁索赔	55
走着瞧和瞧着走	58
鲁迅事其父曾有"最大的错处"	60
"凭良心"之外	63
值得哀而鉴之的"马科斯现象"	65
"普法"该怎么个"普"法	69
许愿	72
反侧辗心录	76
咳喘效应	82
海外归客的去来	84
人类啊,得抬举抬举自己!	88
国际军事法庭上的启迪	91
先生!——先生?——先生!	95
凑合	98
幸而我们都平安无事	101
褒贬的分寸	104
书生气和江湖气之间	106
嗟"盲流"	109

吹牛也是一种公害	111
可虑的"返盲"现象	114
攀垦赋	118
流言可畏	121
脑袋招领	124
冷爱	127
皈依	129
立命何方	133
硬笔书法	136
太息三章	140
增光·争光·借光	144
性丑闻·性美谈	148
植物人·动物人	151
夜壶的高度	154
堡垒最易从顶部腐塌	158
做戏	161
减肥	166
批示	173
恐惧、恐吓、恐怖	174

要不得的"家谱论"

鲁迅在《理水》这篇小说中嘲笑了躲在"文化山"上的一群"学者"。其中一个叫做鸟头先生的"考古学家"被"愚民"驳得无话可说时，另一个"拿拄杖的学者"便愤愤然来申斥"愚民"，并且要查考"愚民"的家谱，借以证明"愚民"是"遗传"的结果；可惜"愚民"没有"家谱"，鸟头先生们的研究落了空，扫兴得很。

这篇小说写于过去了的时代，而且仅是"取一点因由，随意点染"的"故事"。在"愚民"翻了身的今天，"鸟头先生"和"拿拄杖的学者"一类的角色是看不见了；可是对某些同志说来，这篇小说仍有实际的教育意义。

据我所知，三年前一位老工程师提出一个消灭铸铁砂眼和缩孔的建议，层层的审查者对这项建议本身是否合理不感兴趣，一听到这位工程师是"吃洋面包长大，又参加过国民党"就断定他提不出什么好建议。这份建议就被打入了冷宫。但两年后一位苏联专家到工厂去，提出消灭铸铁砂眼和缩孔的意见，竟然和老工程师过去所提过的一样，实行了，效果很好。

再举一个例子。一个刚由专业学校毕业的青年统计员，为了一个统计程序问题，和老资格的科长争论起来。这个统计员虽然坚持得有理，但遭到第三者的严厉训斥："你才参加工作几天，就这样目无领导！""你这种坏思想、坏作风要好好检查，联系你地主家庭出身的历史根源来检查！"

这位"家谱论"者的信条是："不割断历史去孤立地考察一个人的积极性。"他又无师自通地引用了数学上"零乘任何数等于零"的公式作为他看人看事的根据，仿佛任何人只要出身不好或者过去犯过错误，也就是说"家谱"不好，就如同在这个人各方面条件的连乘式中乘入了一个"零"的因数，这个工作人员的一切好表现都不足挂齿了，谈不到培养、提拔、入党等问题了。

这种作法，往往使得出身不好或者曾犯过错误的人在工作中畏首畏尾、束手束脚，害怕出事故，而万一出了事故，更加胆战心惊，不知如何是好。在这样的情况下，怎能发挥积极性、创造性为社会主义事业服务呢？

毫无问题，任何工作人员的历史情况都应该弄得一清二楚，于公于私，都有好处，但弄清楚之后，就得给以足够的信任，让他们在工作战线上大胆地奔驰。如果仅仅根据"家谱"来简单地判定一个工作人员的好坏，如果用"家谱论"的铁尺来限制工作人员的积极性和创造性的发挥，那是对社会主义事业的犯罪，要不得的。

【原载 1956 年 9 月 18 日《人民日报》】

墙里和墙外

以主人翁态度对待革命事业,这是每一个工作人员乃至每一个公民的责任。向来都是这样提倡的。

但我以为,这还应该看作权利。

有些人,偏偏又是能"独当"一点"面"的负责人,他们的"主人翁态度"却未免昂扬了一些。他们固然也明白干革命的人愈多愈好,而且在某种场合,例如作报告的时候,确也号召过大家要"树立主人翁的思想",表白过自己对部属是一视同仁,但心目中却亲疏分明,除了一些认定的积极分子以外,其他的芸芸"群众",就都是客人或者仆人,不放手不放心了。在实际接触上,固然也请呀请的,恭谨有加,但实际上是一种见外,是一种客客气气地拒人千里的作为,与真正的共同作主、真诚相待仍是大有区别的。主人翁还是"我","准"你革命或"请"你革命而已。

有一位老工程师就领略过这种待遇。他在技术理论上,热心负责上,大家感到的缺陷并不多。

可在另外一方面，缺陷就很难弥补了。他早年读的是洋书，他父亲在清朝做过官，自己又在"民国"做过事，兼之解放初期还检查过有崇美思想，这一切在各次鉴定表上都历历可考；虽然在肃反、审干中没有发现过什么问题，但领导上总觉得他离主人翁的造诣还很远，除了在技术上还觉得他"有用"以外，就觉得他不如我们新培养的技术人员可亲了。有一次，这位老工程师听说新到了一堆苏联的技术文件，兴奋地跑去借阅，不料得到的却是非常"客气"的答复："这批资料规定了借阅的范围，厂部交来准予借阅的名单中，没有您老人家，我不好随便作主，……您不喝茶了么——！"当然，这位资料保管员在忠于职守而又能敬老这一点上，是可嘉的，但老工程师所要的似乎不止这一点，他需要的是从新技术资料中得到更多的营养，从信赖的气氛中感到更亲切的温存。在一次业务会议上，也是这位老工程师，他焦急而又诚恳地发言，要求手下的技术员们提前赶好新产品的图纸，但后生们一听就纷纷偷笑了，一位比较爽直的打断老人的话："怎么，工程师还不知道？部里不是叫我们停造这种产品了么？——党委书记昨晚在党团员大会上说过的！"弄得这位在"保密"以外的工程师只好默默无言。他事后想些什么我不知道，不过却听说那位较爽直的青年在团小组上被批评了,说他"组织观念不强","缺乏保密习惯",不该把停止制造新产品的事向"群众"公开云云。

像这种"多情却被无情恼"的遭遇,恐怕不是靠单方面的豁达大度就能安然的吧。经过这几年,自甘在革命队伍中作客的人,已经是极少极少了;但惯于以主人翁自居,而又不尊重别人的主人翁权利,认为别人只配受他招待和吩咐的人倒是不少的。且不管"墙外行人"的怨恼是否出于不得志的牢骚,也不管"墙里佳人"的笑谑是否出于骄矜的自炫,如果能里里外外都花点力气,把那堵隔开"佳人"和"行人"的"墙"拆除,墙里墙外连成一片,也许就能消除"主人"与"客人"之间、"多情"与"无情"之间的一些隔阂和误解了。

【原载 1957 年 5 月 11 日《大公报》】

倚墙为生的人

经过检查，各地都发现了一些介于党与非党之间、领导与群众之间的"墙"，阻隔着里里外外视野的扩大和声气的相通。现在要动手拆墙了，"墙里佳人"和"墙外行人"都额手称庆于从此将呵然一气了。

但还有一种以奔波于墙里墙外为能事的"墙上忙人"，在拆墙以后，如果不肯找些正当的事情干干，从此将百无聊赖了。因为他们是倚墙为生的人，墙在事忙，墙拆便"失业"了。

封建时代因男女授受不亲，因此有媒婆，她奔走于嫁娶之间，一嘴花言巧语，编织过多少婚姻悲剧，造成过多少旷夫怨妇。古代帝王不肯步出内廷，而一般臣民又无缘进宫，所以太监之类便利用既能出宫又可入宫的便利，播弄过多少是非，诬害过多少忠良，使昏君更昏，暴君更暴，百姓更苦，国事更糟。如果男女能自由恋爱，媒婆自然无所施其诈，君民能直接交往，古小说里常见的宦官之害也许就不会出现了吧。

那些倚墙为生的"墙上忙人"所起的作用就和媒婆太监之类有些近似。正因为"墙里佳人"因为害羞或者不愿冒风险，就据居墙内，不愿出墙，而墙外的世态又不能不知，因而就出现了一种帮闲的忙人，碌碌于墙里墙外之间，做些跑腿传话之类的打杂工作。

官僚主义者为保护自己，就爱用宗派主义的墙把自己包围起来，既可拦住群众的喧哗，也可以欣赏投其所好者的颂扬。然而为了"领导"，就得找人代步，做些收集情况传达意图之类的工作。而真正能起桥梁作用媒介作用的积极分子是官僚主义者所忌的，而他所倚重的，却是另一种自封的"积极分子"，也就是能按自己脸色办事的人。

在报上看到一些类似"倒苦水"的座谈发言，好些人都提到了这种人，把这种人叫作"假积极分子"，"投机和向上爬的所谓积极分子"，并且举出过真凭实据数说他们兴风作浪播弄是非的"业绩"。

本来嘛，抱着图个好印象以双收名利的打算，而装出来的"积极相"，本来就是令人恶心的，还要盛气凌人地宣达领导的意图，洋洋自得地声明"这是×长亲口吩咐我的"！不听就是有问题，发问就是过不去，这怎叫人心服！怎么不叫人瞎猜墙内到底是个啥谜底？至于回到墙内去回奏呢，为了证明自己劳苦功高，立场坚定，条条情况都足以证明"天下皆醉我独醒"，墙外人的情况都不出"您老所料"，至于因为自己的常识不多或听不真切，把"城头变幻大王旗"误为"陈大买个大公鸡"，领导也认为无误，一一照单全收了。反正不会质证查对，忙人在汇报情况时，就更有胆量发挥自己的"创造性"了。

于是，墙就愈砌愈高，忙人也就更加得志，而墙里和墙外的隔阂和误解就愈深了。

现在这些墙就要纷纷拆除了，墙里墙外"只闻其声不见其人"的情况就要结束了，不会再有"多情却被无情恼"的情况了。墙里墙外将授受相亲，心心相印了，一加对证，将会发现过去除了自己的原因以外，也颇吃了那些加引号的"积极分子"的亏。不过，这些过去的"忙人"也无须自甘于"失业"，倘能在和风细雨中涤除那些心灵上的个人功利计较，依然可以"忙"些有益的其他事。

近来许多人写杂文动辄引咎，刺了哪一行，哪一行就有人挺身而出抗议。我这一篇只是让那些假积极的人脸红而已，真正的积极分子可千万别多心才好。这篇文章与你们所做过的正直事业无干。

【原载 1957 年 5 月 21 日《长江日报》】

"师"和"帅"

有个单位的总工程师，三年前才读完速成小学，两年前转到工厂以后才第一次见到车床，但因为资格很"老"，原来又做着"长"字辈的工作，加上刚好有这个职缺，于是就"总"起工程师来了。

照说，工农出身的工程师，在我们社会里已经愈来愈不希罕了。有些人三五年功夫，勤学苦练，掌握了科学技术，几乎快成为专家，领导起现代化的生产业务来，头头是道，井井有条。但也有一些人，辜负了自转业后到处是老师的大好条件，不愿走下自搭的"架子"，来向别人学点东西，一过几年，仍然是个外行。

上面说的那位总工程师，就是后一种人。他上任之后，对于手下的工程技术人员，除了点查迟到早退的人数以及照例的签字盖章以外，就简直无所事事了，而又不甘过分清闲，于是今天两小时号召，明天小半朝训话，人们格于"组织观念"，也只好搁下工作来奉陪恭听。不过，大家对他的那些不着边际的"原则指示",并不十分赞许,反而觉得是耽误时间,因此对于这位以指手画脚见长的"总工程师",也就无从发生敬意了。也算是"自由主义"吧,他们背地赠给他一个头衔:"工程帅"——就是象棋盘上独镇一方,夹在"士"当中的那个"帅"。

听说学校里也有不懂俄文的俄文系主任,医院里也有不能处方问病的医务主任,类似"教帅"和"医帅"的人在。

我丝毫没有把他们一贬到底的意思,人各有所长嘛,就拿那位"工程帅"来说,选种耕地就是难得的内行,抗日战争时还是很出色的枪手呢!

从种地到枪手,当然是一大转变,如果再能从枪手到会搞工程,那当然又是一大转变。但这位"工程帅"的悲剧在于位居领导以后,脑子里充塞了各种各样的"原则",于是就靠这些"原则"过日子,渐渐缺乏自知之明,缺乏不耻下问的虚心了。爱抚着自己的级别和党龄,忙着提高改造别人还不暇,哪里有心情去就教于人呢?

于是,就用官腔来装潢自己,用架子来垫高自己,用一种"精神胜利法"填补自己的空虚:"我"虽然很多地方不如"他们",但革命经历和政治条件却比"他们"高出太多了。——凭"他们"那种家谱和经历,还不是生成要"我"来改造的么!

　　认定了自己是改造者,是革命权益的真心维护者,其余的书生都不配而且不堪与自己并列。所以就处处得"谨防扒手"、"小心火烛",一切都得严严地"管"起来:办公室的钥匙是要"亲自掌握"的;哪个工程师带图纸到协作单位去联系,是要经他亲手点明张数的……

　　这样,"工程帅"手下的部属们,有时就难免有一种"秀才遇到官"的尴尬。

　　胜利的浪头把一些人推上了领导者的位置,挂了"帅",如果能诚恳虚心地珍惜这种机缘,向可以学习的人学习,也许早就出"师"了。可惜有些人花了过多的精力去教训人、排斥人,而不肯自认"略输文采",因此寒来暑往,还是两袖清风,一无所获,仍然是"只识弯弓射大雕"。正像象棋盘上的"帅"一样,在小小的"田"字小天地里,趑趄不前,起一点象征性的"领导"作用,还提心吊胆提防别人的"将军"。

　　"师"和"帅",仅一笔之差,但要使自己从空头的"帅"变为充实的"师",就得下一番手脚了。

【原载 1957 年 6 月 6 日《大公报》】

门外奇谈

　　记得今年盛暑的时候，每晚都到大门外乘凉，一边挥扇一边谈闲天，所谈的大都忘记了，独有两位青年的话至今还记得。那是因为太奇特，而且叫我有点寒心的缘故。

　　那是谈及各人抱负的时候，一个说，他希望能乘上光速飞船去遨游太空，根据爱因斯坦的相对论，在接近光速的飞船中一会儿就等于人世若干年，到时共产主义社会已经建成，世上已万无一缺，十全十美，一跨出舱门，就吃冰淇淋。……另一个说，希望有人给他设计一种"越级冷藏机"，把他冷藏起来，等别人把国家建得一富二红的时候，再把他弄醒，他揉揉惺忪的睡眼，发现面前摆满了盛筵……

　　两种设计，异曲同工，挺周全，也挺"科学"的。

　　鲁迅也说过，他因为"爱管闲事"，听见过有这样一个奇人，此人唯愿天下人都死光，只剩下他和一个漂亮姑娘，还加上一个卖馄饨面的。这就比那两位乘凉谈志的"英雄"彻底得多了，但也使人更毛骨悚然。不过，此人大概已"壮志未酬身先死"了吧，而世界人口已达三十亿了。

科学技术在一日千里，作兴有一天会有这类飞船和冷藏机出现吧，按照那两位乘凉言志的青年的意思，就应该"见者有份"，每人一部，那么，就得各造三十亿部，分配到人，想遨游的登飞船，想休眠的进冷藏机，这该各得其所了吧。但这一来，地球将因人去"球"空而日见荒芜，剩下的只是一些似尸非尸的"休眠"者。何其寂寥！而且，谁去侍候太空归客的着陆呢？又该谁来守护和弄醒冷藏机里的诸公？即使靠什么东西来保佑一下，该回的回了，该醒的醒了，但可以断言，那是没有冰淇淋摆在大家眼前的。

这自然是杞忧。然而道理倒也是挺了然，挺"科学"的。

理想应该有，幻想有时也不妨有。但如果只"理想"前途美好，国家昌盛，而又幻想自己只应收获，不屑耕耘，那是不可能的，除非他是不沾人间烟火的又一奇人。

【原载 1962 年 9 月 12 日《湖北日报》】

缺花的蔷薇

应该有马寅初颂

三十年前,毛泽东要我们写朱自清颂、闻一多颂,为的是表现我们民族的气概。

有人零零星星地写过这类颂文。

有英雄气概而值得大颂特颂的人,又增加了许多,彭德怀就是一个。也的确有人写文颂过,但好像所颂的侧重于他的艰苦朴素,因此,颂得还不怎么响亮。

《哥德巴赫猜想》面世以来,采写科学家的"报告文学"蔚然成风,这是可喜的,但所写以自然科学家居多,以社会科学家为对象的,却还很少。"区"虽未"禁",而令人裹足者,大概他们的事牵涉面宽了些,论定就难一些,写起来麻烦一些。因此,还没有人去采写马寅初老人。

我期待有人去写马老,以及像马老这样说出了真理,坚持真理,并为真理而受过伽利略式的苦楚的人。这种可敬的学人或者还不少。他们的事迹写出来也许对人别有一番启发的吧!

你,报告文学的作者、作家们,抽点空,也上上这类人(或他们的遗族)的门吧。

如果……

有一青年,欣欣然向我报喜:他那份"政策",总算落实了。——当年传阅并激赏过的《第二次握手》的手抄本的一笔"罪状",终于在档案中划去,因为这一本书已正式出版。

又有一青年,欣欣然向我报喜:他那份"政策"也总算落实了。——数年前,他在学习会上多嘴多舌,说将来阶级消灭了,则一切政党包括共产党在内,也都会消灭的,结果被少听多怪的人抓住后半句,断成他是要消灭我们党的不逞之徒。事后怎么解释也枉然。最近办案人脑子稍为冷静,更重要的,他们终于知道这些话是革命导师他老人家也说过的,所以他说也无妨,终于勾消了罪名。

我当然为这两位青年高兴,庆幸他们碰上这样肯实事求是的办案人员。

但我不禁又想:如果被称赞的《第二次握手》竟没有正式出版呢!如果他招祸那句话竟未能在

革命导师的著作中找到呢!难道就不许别人去称赞一本未出版的书?难道就不许人去称赞一本尚未被审定为好书的书?难道就不许别人说出导师老人家未曾说过的话?难道就不许非革命导师以外的普通嘴巴说出真理?

【原载1979年11月10日《长江日报》】

这株蔷薇未着花

——杂感而已

（一）未庄的舆论

阿Q死后，乡邻如何评论这宗冤案呢。据《正传》所载："至于舆论，在未庄是毫无异议，自然都说阿Q坏，枪毙就是他坏的证据，不坏又何至于被枪毙呢！"

瞧，多雄辩的舆论！——他们在谈论一个不会反驳的"坏人"！

多确凿的证据！——阿Q被枪毙的本身就是"证据"！

这是义务法官们的庭外判决。这是无须负诬告罪的事后诬告。

如果阿Q还有什么"生前好友"或"遗族"存心为阿Q求个"昭雪"什么的，我看也很难。如果未庄还是这样的未庄，舆论还是那样的舆论。

（二）马寅初姓马

马老当年，曾因提出"新人口论"遭到围攻，有一英雄，曾汹汹发问：到底姓哪个马？意思之间：像马老这样的人只配姓马尔萨斯的马，不配姓马克思那个马的。

其实，马老一直姓他自己的马。事情弄清，大家才明白过来，但时间已一去二十年，我们的人丁已兴旺到快十亿。热气固然腾腾，大家的日子可不怎么从容。

这道理，一如中国共产党姓"中"一样，明明白白。马老的可贵，在于以忧国之诚，求实之意，创立自己的见解，而不是去抄录哪个"马"的现成结论。而保持着自己的姓。如果说都抄现成的结论，马克思又去抄谁的呢，马克思正因为不跟费尔巴哈和黑格尔姓，才有姓"马"的马克思的哲学体系的。

（三）小包车

有友自北京来，电告我在江南站接车，但我是把他的食宿安排在江北的，于是赶到江北站去，请求在列车进站时代为广播一下，请他提前下车。

不料播音员一看广播条子，就皱眉而且掷还了，说是："普通人的一般事，我们播不了这许多！"

同去一友人，却颇懂当今"世故"，他改写了条子，由他出面再交播音员。这次被欣然接受并播出了，条子写法并未大动，只在后面加上这样一句："我们已派来小轿车在出站口恭候。"

我们扯谎了，但因而接到了来客。共乘公共汽车回寓的路上，我一直在想：小轿车莫须有的，只须借其芳名，为什么就能产生如此神效？！

（四）外宾来了

两位少年在东湖之滨钓鱼。这是犯禁的，难怪被管湖的汉子扭住了，说是要把他俩送到什么机关去戒斥一番。

扭与拒扭之间，有点纷乱，其中一个少年也很早熟世故，他喊一声："外宾来了！"那汉子一愣之间松了手，两个少年一溜烟跑掉了。其实外宾也是莫须有的，佯称他们来了，是少年的脱身法。

我并不赞许这种早熟，甚至认为是可恶的。而且颇同情那上当的汉子。当时我真想这样安慰他：要是你认为扭得对，你管他外宾来不来！要是你认为扭得多余，没有外宾在场也不必多此一举嘛！

（五）何必珍珠

唐明皇专宠杨贵妃以后，忽然怜念起被冷落的梅妃，着人送去珍珠一匣，而梅贵妃答诗诉其幽怨道："何必珍珠慰寂寥"！——梅妃所需要的是真正的关心，而不是靠珍珠所能代替的。

从"四人帮"灾劫中被解救出来的人，许多正在振其余勇，续其余志。如果说他们中或亦有寂寥之感，那是因为在与人接触中，发现还有人对自己敬而远之，被认为："油漆未干。"这种寂寥感是难于用一己的旷达所能排遣，也不是靠偶尔送上门的一匣珍珠所能消解的。

（六）观赏动物

能否捕鼠，是检验猫的优劣标准，这是已为常识所承认。

但这一标准可不适用熊猫——虽然也有人叫它"猫熊"的，但姑且就算作广义的猫。

君不见它在笼槛中的悠游乎，它饱食终日，高兴就打个滚，不高兴就打个盹，多情的日本人还为它筑有空调设备的公馆，死后还备极哀荣呢。

它之所以受到殊遇，决不因为它有什么功勋，只因为它是稀有的奇种，可以做观赏动物。

作为观赏动物，熊猫是称职的，它的浑憨之态，博得人们的喜爱，愿买门票去看它。但如果有这样一种熊猫，它一无所有，仅仗毛色之别致，血统之稀有，就摆出一副骄横之态，认定有空调设备的高级公馆是分内的殊权，并到处巡回自我展出，人们不但不稀罕，而且感到恶心了。

（七）苦与死

我愿学张志新高洁的情操，无畏的气概。

但希望别人不要学张志新判决书的笔法，割张志新喉管的刀法。

我也赞成这样的口号，叫：一不怕苦，二不怕死。

但我决不赞成那样的作为：无端地、无谓地去制造的死。

这种笔法，这种刀法，这种苦，这种死，已经夺走了我们许多人，从谭嗣同到彭德怀，从柔石到柳青……

我们既失去的再夺不回来，未夺去的再不能失掉。

（八）猫与鼠

被老鼠偷吃了东西，我愤愤然。

被猫偷吃了东西，我同样愤愤然。

如果有这样一只猫，它偷吃了东西之后说出一通大道理，说是因为它是猫，是鼠的天敌，看在灭鼠有功的分上，偷吃点东西既情有可原，又理有应得云云，我更愤愤然。

如果更有这样一只猫，它偷吃了东西之后，又伪造现场，嫁罪于鼠，以表白自己一贯干净而且清高。我尤其愤愤然。

（九）"斗"与"乐"

与人奋斗，据说是其乐无穷的。

是否如此，是否一律如此。我没有这种体验，不甚了了，因而不敢多言。

但我想，即使此中有喜乐，而且"无穷"的多，也得看被"奋斗"的对手是什么人，因点什么事。设身处地为对方想想，事前事后冷静地想想，未必都乐得起来。

鲁迅一生与恶人奋斗，战况壮烈，战果辉煌。但他也不忘记对自己奋斗，他一直也在解剖自己，省察自己，摆正自己。他大概才真正感受到"其乐"的，但他没有说过这类英雄气概的话。因为他是真正的英雄。

【原载 1980 年第 2 期《黄石文艺》】

以毒不能消毒

江青被押入正义路一号有木栏的座位上，仍打叠精神，强摆出一副"女皇"架势，令人恶心。她甚至继续施展其诬陷故伎，尤令人发指。电视机前一位青年勃然动怒，即席宣言："如果让老子办她，干脆叫她也戴上几十斤的铁帽，挂上几十斤的黑牌，再抡她几拳，不就结案了，何必让她辩护！"

这位"老子"对江青之流的义愤是真切的，有他当年做过"可以教育好的子女"近年又成为"烈士遗孤"的双重经历为证。他生长于十年浩劫的腥风血雨，看惯了谁的拳头大谁就有理的场面，听惯了谁讲文明谁就是孔老二的"温良恭俭让"的论调，无师自通地学会一套"以毒消毒"的办法去对待邪恶和横逆。以至这几年大家都提倡用民主与法制去拨乱反正了，他还在主张以江青之道还治江青之身以结江青之案。记得前些时，还有位青年，看到报上揭发一位饕餮的领导揩油吃"客饭"的事时，也发出独到的见解："如果老子在那间餐馆工作，那好办！在海参汤里丢几个苍蝇，吐两口痰，看他还来不来占便宜！"

一打听，这类"老子"还不少。他们捉到打人的流氓，就十倍地痛打他一顿，以博"立竿见影"的解恨；公共汽车脱了班，"老子"登车后就不买票以示抗议；电影放映中出了故障，"老子"就踩坏座椅宣泄愤懑。还听说有人用不上班或上班不干活去"教训"官僚主义的领导；"老子"就偏用无政府主义去整官僚主义！

医家曾有"以毒攻毒"的办法灭菌祛病，或许是有用的吧。但医治社会的疮痍，以毒或许可以攻毒于一时，决难消毒于久远，而且会产生并发症或后遗症，弄得国无宁日。我们当前用法制的铁扫帚而不是群众运动或运动群众的高帽黑牌去惩治林江十恶，意味着我们民主与文明时代的开始。说明了我们目标的正大和方法的磊落。

"四人帮"的横行，制造了许多灾难，同志间也积下了许多怨气，灾难和怨气仍郁结于人们的身心，污染着我们的社会。群情望大治，用文明，用理性，用法律去审判林彪江青之类的野蛮和无耻就是大治的又一标志。用十年浩劫的巨额学费终于学来一宗见识：我们决不以毒消毒。

【原载1981年1月8日《长江日报》】

癌症与感情

某单位发现了一位蒋筑英式的人物，身患癌症仍卓有成效地坚持工作，而工资低，住房挤，入党的愿望长期得不到实现。单位领导得报，大动了感情，马上送医院治疗，调宽其住房，补贴其生活，表示即可发展入党。正当大家准备称赞领导这一件件善举的时候，幸乎不幸乎，传回了医院的确诊：他所患的肿瘤是良性的，一时还不致于"呜呼哀哉"。这一来，关心者的感情骤冷，曾被关心者的身价也暴跌，应允的照顾迅即取消，入党问题还得从长考验考验，研究研究……

一般人的想象力真不足以虚构如此奇事，但这的确是实情，见过报的，披露在《社会科学》杂志上。

好在不易碰上这样的单位领导，否则先进事迹要受到承认和尊重也难。首先要学会害病。越凶险，越不久于人世，就越能跻上某些人"尊重"的议事日程，如果害病害得不及格，即使样样都像煞蒋筑英，也是不配享用这份"尊重"的。

向来认为害病：特别是癌病之类，是"有百弊无一利的"，想不到居然也可以作为一种代价，以售得某些感情上的恻隐之心，虽然是昙花一现，但比之一现不现，毕竟还有一片忠厚在。

然而，这种代价是不是太大了一点？而且，有没有必要？

作为一种精神，"一不怕苦，二不怕死"的口号，过去和现在都应该提倡。但苦和死，决不能当作"煮酒论英雄"的首要根据，因为苦和死是献身革命的一种手段，不是刻意追求的终极目的。就拿武汉当前的防汛抗洪斗争来说吧，以躯体堵住堤防缺口的壮举，固然值得众口交赞；而守住堤防，使之压根儿不出现缺口，更是众望所归。平时，我们之所以开展"安全月"而不搞"事故处理月"，理由也在于此。

知识分子和所有劳动者一样，对人民做了好事，对四化作出贡献，理当得到支持和尊重，不必问肿瘤之有无，症候之良恶。道理很粗浅，可惜并非所有人都明白。有些青少年出于天真，在报上读到某人的英雄业迹时，就每每"条件反射"地写心得，说是要"继承"某"烈士"叔叔的"遗志"。岂知这位叔叔还健在呢。而孩子们按惯例猜测，活着的英雄一般是很难上报的。莫笑孩子们的天真，某些大人惯于以别人苦处多不多、死期近不近来决定自己感情的浓度,也不见得比孩子们高明多少。

【原载 1983 年 7 月 20 日《长江日报》】

伯牙断琴别议

伯牙断琴的故事,作为珍惜知音的美谈,已传颂了两千年。汉上就留有他弹琴和断琴的古迹,凭吊者不衰。

我也是凭吊者之一。但我的凭吊,既为了伯牙那颗凄寂的心,更为了伯牙那把断裂的琴。

失去了钟子期的伯牙,固然一时失去了知音;但因而辍弹断琴,则所失去的却是"音"的本身,无异失去了作为音乐家的伯牙自己。即使有第二个钟子期来恭听,伯牙已经欲再弹而无琴,欲人"知"而无"音"了,悲剧就更悲。所以,断琴之举,期期以为不智。

"死了张屠户,难道就吃混毛猪?"——这是多么豪迈的一句民谚。伯牙就缺少这份豪迈,他把世道看得太灰,又把事业看得太窄了,偌大的世界就盯着一个钟子期,子期一死,他的事业心也陪葬了。他难道就认定世间没有第二个钟子期!万一没有现成的,可能而且应该"培养"一个新的嘛,人与人的相知从来是有个过程的。

好琴好曲，加上好手好心，马上能被赏识于知音，当然是幸事，但事情每每不那么简单，"音"之高下，不能以弹者的自我感觉为准；"知"之深浅，也不能以听者一时胃口为凭。缺乏自知之明，而贸然发出"知音难得"之叹，或缺乏知人之诚，而贸然进出"不值一听"之讥，都未免偏颇。因而自我断琴或促人断琴，就更叫人扼腕！

在得不到知音的情况下，是练琴不辍还是断琴拉倒呢？这个问题考验过伯牙，也考问过许多人。我的两位"牛棚朋友"就交出过两份不同的答卷，"四人帮"横行当年，人妖颠倒是非淆，在"知识即罪恶"的气氛下，知我们音的党，本身也在受难；一腔抱负与委屈正缺知音，但其中一位仍坚信知识能报国，艰苦中利用一切可能不歇于著译；另一位则笑他"哀莫大于心不死"，并自誓与纸笔绝缘，效伯牙之断琴，把存书一古脑论斤卖给收破烂的。等到拨乱反正，各各重返岗位之后，一位拿出了多卷著作去发排，一位则荒疏到重登讲台而发怵，只好提前退休了事。我每把这两位朋友的故事讲述给一些后生，包括高考不第，投稿被退，建议被冷落，知心的老首长离了休，因而感到知音杳远，觉得没有搞头，打退堂鼓，无心练琴甚至有意断琴的人，并这样劝慰他们：弹琴一时无人听，不是你的过错；有人要听琴时，你竟不能弹，倒是你的过错了。他们听后似乎有些动容，于是写成小文，作为一杯浊酒，酹于已断琴的伯牙；作为一点提醒，献于未断琴的同代人。

【原载 1983 年 11 月 27 日《长江日报》】

关于闲言碎语的闲言碎语

改革家步鑫生在苦斗的历程中，花了很大的精力去招架闲言碎语。他毕竟是强者，没有淹没在闲言碎语的唾沫中。

闲言碎语，或者发源于嫉妒的心。

据说现在奖励或起用一个人十分费事。授奖或提拔的风声一出，马上就有人喊喊嚓嚓，求全责备他的小节，甚至把它扩而大之加以传播。更卑劣者则写成匿名信，莫须有地"检举"问题，目的是让你"好不了"。一查，原来仅是不负责任的闲言碎语。而事情被耽搁了，视听被扰乱了。

对英雄投花，对落水狗投石，是常情常理；但对"冒尖户"吐沫，那就悖情逆理了。

闲言碎语或出于挑剔者的嘴。

印度有一则寓言，说是父子俩骑着驴路上，父骑子随，路人讥为不慈；子骑父牵，路人斥为不孝；两人同骑，路人责其虐畜；两人都不骑，路人则笑其傻瓜，弄得这无所适从的爷儿俩，只好抬着驴走。

要使闲言碎语的爱好者噤口是很难的，因为这是他们的乐趣。问题是我们要有主见，才能避免落得抬驴的下场。

闲言碎语，或出于无知的人云亦云。

一篇回忆性的文章，谈及抗战时入川轮上一件事：一个婴儿在母怀中嘶哭，而头上正飞过日本飞机，舱中的同乘们着急了，以连珠炮般的闲言碎语指责这位可怜的母亲，勒令她马上止住儿啼，纷纷说，"让敌机听到不是好玩的"。孩子依然哭个不止，于是一位"英雄"抢过孩子，抛掷入江。虽然至今还没有能遥听船舱中哭声的飞机，但这并不妨碍蠢人们互相额手称庆，称颂抛婴者"当机立断"，抚慰母亲"牺牲一子，救了全船"。

无知酿制了别人的痛苦。

鲁迅把闲言碎语叫做"流言"。鲁迅一生吃过流言的许多苦，大而至于说他"拿卢布"、"挑动学潮"，小而至于说他"害脑膜炎"、"打落门牙"，弄得他十分悲愤。幸而他是大智大勇者，又有一支无敌的笔，能使流言家"知道伎俩也有穷时"。我们不妨学习鲁迅的反击法；也不妨用蔑视法，像一匹奔马，决不为几个虻蝇的叮咬而停止前进的脚步。

【原载1984年5月13日《湖北日报》】

如闻二"老太"唠叨

改革的激流在滚滚奔腾,不甘于按老程式生活的人们,正备尝中流击水或逐浪前进的艰辛与欢乐。但也有人在岸上指手划脚,说些并不风凉的风凉话。

从这些风凉话中,我仿佛听到既熟悉又陌生的两个"老太太"在唠叨。一个是来自鲁迅小说《风波》中的鲁镇的"九斤老太",另一个是来自小说《人到中年》的病房的那位满口马列主义的老太太。各自带着其特有的唠叨与牢骚,为了非议改革的共同需要,走到一起来了。不过一个站在右岸,一个站在左岸,隔河遥抒胸臆,茕茕地组成了一支合唱队。

一个唱道:真是一代不如一代!我那大土碗,别看它有十六个补钉,可是道地的祖传,厚实!我就用不惯那小花瓷碗、搪瓷碗什么的,正如我热衷棺葬不习惯于火葬一样。我儿子七斤撑一世船,撑快撑慢一个样的工资,现在搞什么承包,上个月不就是误了几次船期么,连工资也减了,真是一代不如一代!

　　一个和道:我的同志呀,要说"革",我可是"革"过来的,公社化、公私合营那阵就"革"得妥妥贴贴了,你们的责任就是继承,别信那些没有改造好的知识分子那套馊主意。不是说外国也有臭虫么,把臭虫"开放进来"怎么得了?可千万不能忘记提高警惕,我的同志呀!

　　两部和声,一部来自小脚女人,一部来自"天足"女人。一位穿自纺的月白土布,一位穿笔挺的干部服。一位满口怀旧腔,一位满口"原则"话。如果有人问我:两部噪音到底哪一部更刺耳,我会毫不迟疑地说,得算那貌似很"原则"的一部。

　　说来很不幸而且可恶,这两位似曾相识的老太太竟如此矍铄,又如此锲而不舍地对我们进行无谓的说教。

　　然而,我们也很欣幸,改革激流的拍岸涛声,已渐渐把这两位太婆式的絮聒淹没了。

【原载 1984 年 7 月 19 日《长江日报》】

人,该比熊猫聪明

　　熊猫所赖以为食的箭竹,因开花而枯萎,以致我们的国宝身陷大饥饿的绝境,引起四海关心,多方抢救。我在萦怀这群可爱而又可哀的动物之余,仿佛悟出了点什么道理似的。

　　曾经遍布全球的庞然大物恐龙,一亿年前也曾因生存条件的骤变,食物无以为继,也像熊猫今天一样饿得嗷嗷叫,当时连人类也没有,当然也就捞不到抢救的福泽,于是惨遭灭绝,只剩下一堆堆化石。

　　而鲸类却有能耐,有骨气,或者说有出息得多,它们和恐龙一样是陆生哺乳动物,一旦沼泽地带没有东西吃了,它们不坐以待毙,能顺时应变,改变自己的传统生活方式以图存,强制自己改吃水中生物,并一头扎到海里学会了潜泳,终于保存了种族,至今仍成群结对地在汹涛激浪中傲然游弋。

　　如果熊猫们不是如此浑噩,稍为想一下恐龙的昨天和鲸类的今天,又何致于像发自各自然保护区的电讯中说的，它们至今仍在"以不变应万变"地我行我素，宁可饿死也不肯去试嚼一口箭竹以外的东西。我们哀其不幸，又怒其不醒。

但一想，"万物之灵"的人是否就个个比熊猫聪明，不盯着各自的箭竹？未必的，不过每有比熊猫更巧妙的措词而已。有人把大锅饭当作箭竹来眷恋，别的吃法就不大以为然。有人认为农民种粮食是祖传的箭竹，旁鹜就是走了邪门。有人不见"红头文件"就不敢举步，有人认为高考落第就成才路绝。在他们心目中，"除却巫山不是云"，离开了某种常规，就凄凄惶惶如熊猫离开了箭竹。

熊猫毕竟昏聩，生性难改，又属稀世之珍，我们只好耐心抢救。对它能否开导，有待动物心理学家的努力。但人类应该自我宝爱，理当有比熊猫更多的远见与聪明，只要时时更新适世，何劳别人纳入抢救日程！习惯把我们养成对某些传统事物的偏爱、倚重，一如熊猫之爱重箭竹，这样会使思想走上绝境的。其实天下比箭竹可口而养分更高的东西多的是，看你有没有神农尝百草的探索精神。吃到螃蟹，算你走运；吃到蜘蛛，你吐了就是。新路就是这样开辟的，胆识就是这样炼成的。

【原载 1984 年 8 月 18 日《湖北日报》】

秋 扇 赋

一

天凉好个秋！

在"火炉"里打熬了一个暑天的武汉市民，如获解脱地把竹床收搁之后，发觉房里仍多出了一件东西，那就是扇子，倘是电扇，当然被拆卸、包装、珍藏。一般的手扇呢，特别是成色较差的葵扇呢，往往是被厌恶地顺手一丢。

这就是古人感叹过的"秋扇之捐"。

然而我认为，捐与不捐，也在扇的本身，例如我家那把秋扇此刻"退居二线"，就非常尽职地帮我扇炉子、掸桌灰，丝毫看不出它有居功自恃的傲慢，或大才小用的委屈。我近来碰见不少离、退休后的老者，半年之间，苍老之态顿现，问他怎么过日的，说是什么也不闻不问，连报也懒得看，理由是"不在其位了乐得省心"。这又使我悟出：失去精神支柱大概就是他老得快的原因吧，是否科学，有待医家研究，于是我每每奉劝他们在颐养天年之余，也该"家事，国事，天下事，事事关心"点才好，保持对生活的接触，庶几有一个更充实的情操。可是我又发现有些人虽不失其关心，但关心的对象却有倚轻倚重的偏颇，所关心的只是一家之事。前些时市委公开处理了一位顾问，就因为他过于关心家人和亲人的房子，利用自己"夏天扇凉有功"的"崇高影响"，把几十套公房从后门胡弄走了。敬老、爱老、养老是我们民族的传统美德，但"倚老卖老"又是一句流行的贬语，自"倚"已经有点不太好，自"卖"就更糟。人们对于秋扇，毕竟是有感激之情的，而且不计其成色。我家里那一把就挺好，它虽然不能言，但仿佛已经向我诉说了许多道理。

二

秋扇在某些人的心目中，之所以成为赘物，倒不是忘记了夏天时爽汗驱蚊之恩，而实在是觉得此时已派不上用场，或者简直想不到还有用场，只好供之高阁。

这种难处，也正是如何安排退离休人员的难处。如何发挥将要退离休人员作用的难处。

而这些已老、方老、将老的人，即已经或将快成为秋扇的人，数目得以千万计，过几年还要多。把他们单纯看作养老金的领受者呢，还是把他们也当作一个庞大的智慧资源呢，这不但是关系他们本身的问题，也应该是整个社会拨冗留意的问题。

冶金界的朋友告诉我：在古人炼铜的遗址上，留下许多炉渣，由于当时的技术低下，所以品位很高的矿石能提炼的铜只有百分之几，利用这些炉渣再炼，比迢迢地去采运一些贫矿更合算。这一说，倒给我很大的启发，我们许多老干部、老师傅、老教工，当年由于这这那那的原因，身上才力的"有效成分"并未充分被释出，出师未捷身先老了。为大局计，为让路计，他们欣然交了班，然而并不甘为被捐的秋扇，而且事实上是大可再炼的准富矿，只须用新的方式和别的炉子。常听说有些退休工程师成为农村建筑队的主心骨，领队进城承建高楼大厦。有些退休工人成为民办工厂的"议价老头"，在他的指点下，产品竟畅销五大洲。有些离休老干部被聘为农场的顾问，农场马上五业兴旺。

可见，人才既来自新生力量，也来自老生力量，人才的使用，既有正业内的使用，也有业余的使用。因为老了的人只要老而不朽，毕竟不似秋扇，而又胜似秋扇。

三

有些老人的晚景就很寂寞，以至有"秋扇"的自况自叹，原因大半是不堪家庭气氛的冷漠，在子媳眼中，他们是多余的人。

他们往往只有低额甚至毫无退休金，不够格上干休所，也不够格当五保户，表面上他是一家之长，儿孙满堂的，少先队员也不会把他们列为上门服务的对象。

儿媳们并没有明目张胆地虐待他，所以谈不上找法院，请律师。被下辈宣布为"不受欢迎的人物"，用的是无声的语言，所以邻里也不便用舆论去干预。

如果是奶奶，无疑会成为天然保姆或活洗衣机，而他偏偏又是爷爷，做这类事未免笨手笨脚，在家务劳动中，欲被量才录用而不能。善于计较而又薄情的子媳们，往往为分摊养老的伙食费，弄得妯娌龃龉，兄弟反目。

如果这位老人有较高的文化素养，大可闭门读书以自娱，不幸他早年压根儿没有上过学，至今认不得几个字。

于是这类老人必然视家门如冷宫，每餐扒完半碗饭就踉跄出门，夏天到树荫下，冬天到有暖阳的街角，会合和自己同命运的老汉，三五相对，枯坐闲聊摸出棋子席地"将两盘"。这种场景，在武汉街头不难天天见到，见到之后又不免有些悲悯。

青年人的成长，有共青团关心；妇女的地位，有妇联萦怀；鳏寡孤独者有民政部门供而养之；身上有余热者，有需才单位上门顾而问之，只有这些都不沾边的人似乎还没有人想得到或顾得及管管。全国老龄会议已有见及此了，于老汉们毋宁是一大福音。这个会议未必有什么"红头文件"发下来，而且也无须非等"红头文件"不可，街道或有关组织大可把这类问题作些研究，指派一位成员监管这类工作，其功德，不说"胜造七级浮屠"，起码也是五级、六级浮屠吧。

【原载1984年9月5日、6日《武汉晚报》】

孙大壮的笔误

孙大壮，这位大块头的小伙子，不该早逝的后生，竟在文革文中被折腾得累死，成为《山中，那十九座坟茔》里面第二具"可怜无定河边骨"。他长眠之前，仍吃力地写下最后一则心得笔记："俺的（得）好好干，牢记最高指示：一怕不苦，二怕不死！"

是笔误，还是这名老实的战士确实是这样去理解执行上级的指示的？正如《狂人日记》中的狂人，发狂之际所发的狂言正是清醒之论一样，昏热中的孙大壮这则写错了的笔记倒道出了一段残酷的历史，也道出了林江之徒"左"得可怕的牧民之术和毁才之方；孙大壮自己就是被毁的一个。

其实，我也赞成这样的口号，叫做"一不怕苦，二不怕死"！但又极不赞成曾有人把这口号无限拔高与延伸，加码到"一怕不苦，二怕不死"的荒唐地步，以致想方设法去制造苦制造死，十年浩劫中，许多恶棍正是这样干的。

拨乱反正了，历历的堑后智喃喃地叮嘱我们：在革命事业的拼搏中，的确该有无畏的精神，在苦与死的面前泰然而且欣然。"砍头不要紧，只要主义真"的许多先烈们无不抱着这种气度。但革命的总体目的和终极目标是为全体人民求生求幸福，苦和死只是求生求幸福的手段。我们之所以不吝血汗，正因为血汗是人类进化史上的有息投资，滥用与浪费是失算的。咬破别人的手指写血书的事，当然卑劣，赤膊上阵因而中了好几箭的许褚，也未免天真。这也正是我们要订立环境保护法，建立技术安全机构的原因。在苦与死面前取胜，比在苦与死面前倒下该更"其乐无穷"。

现在，当然没有人去存心实行孙大壮那句无心致错的口号了。但是否仍有人在无意之间，在选才、评先、入党之类的场合中，对某些劳而无功而劳得很苦的人格外垂青呢，是否对"鞠躬尽瘁"的仍生者不怎么着急于垂顾，对"死而后已"的英雄才想到要去"补授"和"追认"什么呢！但愿不要被孙大壮笔误之言不幸而言中才好。

【原载 1985 年 5 月 22 日《江汉早报》】

中庸之道与改革
——试释鲁迅提出的一个问题

1927年9月，鲁迅的一组《小杂感》中有这样的一则："人往往憎和尚，憎尼姑，憎回教徒，憎耶教徒，而不憎道士。懂得此理者，懂得中国大半。"道士何以独得中国人的厚待，又何以懂得此理就可以"懂得中国的大半"呢，鲁迅没有作出解释，却启人深思。我们对这一问题的探讨，也许能找到一把理解我国传统文化观念的钥匙，有助于明白当前改革中所碰到的干扰。

所谓道士，鲁迅在《马上支日记》中特别注明"不是道教，是方士"。这是中国的土特产，不像佛教、回教、耶教那样是舶来品，他们有专职的，也有业余的。他们有的常驻寺观，有的云游无定所，有的则住在家中。既是从事神职活动的化外之民，而不承担任何徭役赋税；又是干预尘俗政务的热心者，却不失局外人的清高。既披道袍，亦著便装。既热衷于炼丹念咒企求羽化登仙，又善于率同妻小经营天伦之乐。自称葫芦里装的都是长生不老药，而餐桌上却不惮摆着鱼肉荤腥。

他们可以代表凡人去向神鬼许愿求情，又能代表神鬼向人们索债求偿。他们可以出入豪门乃至于宫廷去做说客，又可以到升斗小民的寒寮去做食客。他们奔忙于人鬼之间，沟通着仙俗两界；既谙鬼情，又通人情，因此道士们的脸上就洋溢着妖气、神气、俗气、方巾气。他们有很乖巧的处世术，有左右逢源的吃香身份，既迎合了中国的人情，又体现了中国的世故，这种职业特色就很能照映出旧中国某种油滑的处世术来。

中国封建的"训政时期"长达两千年，古国的遗民们茫然地陶醉于中国的一切都是"世界上第一，宇宙间第N"，不太了解世间"火药除了做鞭炮，罗盘除了看风水还有什么用处"，一旦发现域外或舶来的新物事，出乎我们的眼界或意表之外，就未免觉得太古怪，太"妈妈的"，连欧洲人非洲人肤色的黑白鼻梁之高矮也觉得是谬种。阿Q就颇有"排斥异端的正气"，认为城里人把"长凳"称为"条凳"，煎鱼用葱丝而不用葱段是"错的，可笑"！如果笑声和咒声淹不死它，"怒目而视"的办法吓不退它，就用对灶君土地的方式去奚落，用对火神财神的方式去逢迎，或者跟它攀亲，设法考证出它原来也是华胄旁支，其说颇合我国先圣先贤的教义。高干亭其人当然会对高尔基有满心的恶感，防之去之犹恐不及，但不能防亦不能去时，就改为迁就和利用，也不妨违心地改名"高尔础"去攀亲。和尚尼姑以及一切"吃洋教"的人，在中国的遭遇大概也经历过类似先受排斥奚落然后才被迁就和利用的过程，尔后才在这块土地上站稳脚跟。这并不证明古国的国民有兼容并蓄的大度。只说明出于无奈的迁从。在人们的眼里就远不如国粹的道士的可敬可亲。

　　何况和尚尼姑之流行事也太执着、太极端，他们要苦修就苦修，要吃素就吃素，禁吃猪肉就另立回民餐馆，没有折衷转圜的余地，这就很伤了中庸之道者的心。看人家道士，多么识相又多么圆通，凡事都能商量解脱。这才合中国的国情。鲁迅曾提及这样一件事：日本人出于迷信，认为某年出生的女子注定有克夫之类的坏运道，这些女子为免害人自苦，纷纷投海或跳火山自尽，于是慨叹日本这个民族太死心眼，这类事情在中国是不成问题的，因为我们有道士可以"做解"，我们的道士有向天神打交道，请求网开一面"下不为例"的通天本事。以中庸作处世之本的国民，多么需要又多么欢迎这种通融！

　　中庸，泛见于我们民族的各阶层。"咸与维新"的当年，人们辫子的去留曾成过大问题，剪之则恐后悔莫及，拖着又恐招来祸祟，折衷之道，是用一根竹筷在头上盘成一团，似剪非剪，似留非留，得其所哉。赵秀才赵七爷如此，阿Q小D亦如此。这种处世方法不但有广泛性，而且有悠久性，清末的粤督叶名琛的"似战似和似守，不死不降不走"就是一种"中庸"战术。"没有义仆的愚笨，没有恶仆的简单"，行事"介乎无耻和有耻之间"的二丑又是一种"中庸"的行当。在封建统治下辗转反侧的中国人，不喜也不敢接受太极端太出格太浓烈的事物，从中庸哲学中"斟出一杯微甘的苦酒，……使饮者可以哭，可以歌，也如醉，也如醒，若有知，若无知，也欲死，也欲生"（《淡淡的血痕》）。在这种微甘的苦酒造成的混沌中，道士或类似道士的机灵人能以一副"折中，公允，调和，平正之状可掬，悠悠然摆出别个无不偏激，唯独自己得了'中庸之道'的脸来"，就会通行无阻，大有市场的。

所以，解放前的上海洋场，有一种"徙倚华洋之间，往来主奴之界"的西崽，他们"并不是骑墙，因为他是流动的，较为圆通自在"，上班西其装，下班缎其袍，"觉得洋人势力高于群华人，自己懂洋话，近洋人，所以也高于群华人。但自己系出黄帝，有古文明，深通华情，胜洋鬼子，所以也胜于势力高于群华人的洋人，因此更胜于还在洋人之下的群华人。"（《题未定草》）此外，明亡之初，有一种逸民，他们不像汉奸"那样顺清求荣,所以生活比汉奸艰苦;他们又不像烈士那样抗清成仁,所以境况比烈士强。他们隐逸林下,不患新主的屠戮,又赢得清高的声名。自己可以骂汉奸,但却避免直接骂清室;自己可以不出仕,但儿子可以去应举。(见《半夏小集》)

明白了西崽、逸民、二丑之类在中国产生、存在、吃香的原因,也就能明白道士不被憎的道理,进而会明白保守、中庸在中国国民性中占有何等重要的地位。藉以谨得我国国民性的"大半","懂得中国的大半"。

【原载1986年第8期《学习期刊》】

不劳远送

在干部的年轻化进程中，为了保持工作的连续性，不少领导机构都留下一、二位"识途老马"，请他们再掌一阵舵。也有一些老者已正式退了下来，并已移交了工作，而出于需要或道义，仍采用不在其位而谋其政的方式，对接班的新手"传帮带"一个阶段，即常言说的"扶上马，送一程"。

对某些单位的某些新手来说，上马伊始，由老手略送一程是必要的，但也应该是有限度的。这一"送"，不宜太远；这"一程"，也不宜太长；更不该紧送不舍，否则，就会使被送者觉得是一种负担，或者使旁观者以为某人连帘也不垂仍在听政、摄政。

私人访友辞出时，主人往往送出门槛就握别，"恕不远送"了。碰到特别热情的，不愿"留步"时，也只送到公共汽车站就转身，绝少送上车，陪到家的。而现在负有"送一程"任务的人，却爱送了一程又一程，送了一年又一年，那锲而不舍的远送劲，不但叫人感动，而且让人费解。

据说，这些抱着依依惜别之情的远送者，所依依的，所惜而不愿别的，除了那熟悉的办公室，那温顺的部属音容以外，还有为子女和亲信把工作"调整"好的最后机会。譬如说，他那还是普通干事的女儿还有待提升为主任，她那还差一年就大学毕业的儿子还有待从优分配，这些身后事，与其日后登门去求托，安知人走茶不凉！不如用"送一程"的名义不走，人在人情在，用"准领导"的身份，可以把这些事当作一件"业务"来"指导"，你接受"指导"了，证明你业务上路了，下一程才不送了。此刻不辞劳累地"送"你，你能不领情么？顺便帮你出点人事安排的主意，连电话也不用打，一切当面商量，能说我"遥控"你么？

问题不在于送的本身，而在于送的动机和送的方式，倘能抱着对机关事、国家事、天下事关心的责任感，以长者之风和赤子之心提携并提醒遇到困难的后起之秀。这送者的形象就磊落了。耳边就不会出现"请留步，不劳远送"的谢辞声了。

【原载 1986 年 10 月 3 日《江汉早报》】

哭 和 拜

鲁迅在检阅并分析祖传的《二十四孝》时，有睿智而深刻的大发现："就我现今所见的教孝的图说而言，古今颇有许多遇盗，遇虎，遇火，遇风的孝子，那应付的方法，十之九是'哭'和'拜'"，然后鲁迅又十分感慨地向世人发问道："中国的哭和拜，什么时候才完呢？"

这是半个世纪前鲁迅发出的一问。我每每谈到这里，总心潮起伏，不禁默默地向鲁迅在天之灵祭告：我们这些龙的传人虽然在精神脊梁的挺拔度上不再是往昔的"卧龙"状态了，民主意识在加强，然而这哭和拜的文化传统，至今仍是某些人的习惯，或者说，仍是遭受横逆和不平时求得安身立命的法宝。

且不说我们农村中仍有人用跪拜龙王的办法来祈雨和防汛，用哭求神水符咒的办法来治病消灾。即使在政治生活中，我们也难免沿用哭和拜的办法去维护被侵犯了的公民权。这大概是一个命中多舛的民族对待不幸的不二法门。

"文化大革命"时，我们遇到比风、虎、水、火更可怕的林彪和江青之流，各个"牛棚"里固然有愤愤的反抗呐喊，但也有嘤嘤的啜泣，跪求铁窗外面的"北斗星"来"察余之中情"，连张志新这样的强者也一度祈祷有"大救星"下凡来洗雪她的冤屈……

今天，我们有了"落实政策办公室"，"律师事务所"，投诉者照说可以坦荡地为自己的正当权益陈情，然而有的人仍然更多地用有声和无声的哭，有形和无形的拜，去"恳求"，而某些领导者却把分内的职责当成恩赐。于是，哭拜者和被哭拜者相互受用，因而相互助长。

对《国际歌》中写的"从来就没有什么救世主"一句，惯于哭和拜的人，也许没有少唱，但却没有从中得到应有的教益。

真的，"中国的哭和拜，什么时候才能完呢"？或者说，我们民族的某些传统观念怎样才能更新呢？我想，随着民主与法制的健全，精神文明建设的发展，一定会作出满意的回答。

【原载 1986 年 11 月 24 日《长江日报》】

向谁索赔

刚离休不久的张光年同志,不无唏嘘地说过这样的话:"我们这一代人,刚刚能做点事,头发就白了!"这话可能有点过谦,大家知道:光年同志勤奋地做过许多事,他的"少年头"不是"等闲"等白的。然而,他的感慨却又是真诚的,如果这位艺术家无须在那一段颇长的岁月中去招架许多艺术以外的"艺术",他肯定能做成更多的事。

一位中年同事,平日乐呵呵的,但一次两杯"黄鹤楼"下肚后,却吐了真言,原来他心底也积有隐伤:"如果大学毕业后不是碰到'左'灾连年,我何至于在'放卫星'、'深挖洞'、'与人奋斗其乐无穷'之类的折腾中耗了大好的青春!又何止于现在这点可怜的科研成果呢!"

听了这些老者和"中者"的喟叹,我并不奇怪,因为我也有略同的所感,并愿意和他们一道祭奠那些空掷的岁月。而使我奇怪的倒是一些年纪轻轻的后生居然也学会了叹气。不久前,我对两班大学新生布置了一道作文题，要他们反思中小学课程的甘苦得失，不料我在批阅时竟听到作业本中也有声声叹息，不似无病呻吟：有人悲叹在文革中父亲丧了命，小小年纪就做了"狗崽子"，以致年年做梦想戴上红领巾而不得，更多的人后悔自己投生太早了一点，倘能挨到十一届三中全会以后才呱呱坠地，"也许命运会好得多……"

看来，一场"大革文化命"，起码已有形地误了三代人。这误者此时都在离休后、醉酒后、反思后，用不同程度的悲愤在诅咒，用不同的方式在索赔。

向谁索赔？向已粉身碎骨的林彪？向正蹲在监狱里作"和尚打伞"状的江青？冤头债主固然找对了，但这些家伙又何从赔起！那么索赔不成，我们就该恨恨终生，蹉跎岁月，一蹶不振么？那正是江青之流所寤寐以求的，浩劫使人们的代价付出得够多了，我们又何忍在劫后又付出一笔新的代价！

对已造成的损失，我们有权利浩叹并且索赔。问题是浩叹过后还应该想些什么，索赔无着之后又该帮些什么。民间有一则极富悟性的寓言：有人挑两口大缸过窄巷，哐当一声，挑者分明听到后面那口缸磕破了，然而他没有回头，他也不能回头，因为一回头，有可能连前面那口缸也难保。

让已破的身后之缸破它的吧,这固然是值得痛心的,但既无可挽回,上上之策还是更加小心翼翼地保护前面的缸,奋然前行……

我们正须要这种前看并前行的气魄,倘要索赔,只有向未来索赔!倘要算账,也不妨向自己过去或亦不免的愚昧和盲从算账!倘要增息,最好是仗今后的奋发有为去增息!

【原载1987年第7期《学习月刊》】

走着瞧和瞧着走

在同路行进的人群中,我发现两种人:一种是走着瞧的,一种是瞧着走的。从形态上看,他们都不懈于走,不怠于瞧,似乎都比那些只顾埋头走而忘记瞧或只顾瞧而停了步的人要可取。而作为两种生活态度,走着瞧和瞧着走却是大不一样的。走着瞧的人,事先并没有明确的运筹,每抱着走到哪里算到哪里的随意性,带有随遇而安的漠然情怀,即使能随机应变,也属于一种被动的适应而已。他的主旨在于"走","瞧"不过是为了赏风景或怕跌跤罢了。不能预见并驾驭自己的生活历程,也就不能算是自己生活的主人,他或许很乐天,但这种乐天是浑噩的乐天;他或许觉得很自由,而这种自由不是进入必然王国后的自由。而瞧着走的人之所以可贵,在于他们善于在审时度势以后选准了生活的道路,他们的"走",是在"瞧"后举步的,一般不致于走岔路,走弯路。他们的行程是自觉的,自为的,因而他们已出离了自然的王国,掌握了生活的必然航向,他们于是有更多的自主和自由。

为什么有些人的文章或发言受到"下笔千言离题万里"之讥？就因为他们的笔舌不是在想妥主题后再运转，而是运转以后才想。遍看许多企业家浮沉的记录、许多专业户的兴败报道，都与其经营有无战略眼光相关。凡是瞧得准再走的，路子就越走越宽，凡是盲目地兴业治业，以"走着瞧"作为口头禅或处世宝箴的，路就走得很踉跄，叫人瞧不上乃至不忍瞧。

其实，吃"走着瞧"苦果的，又何止上述那种有形的路和有形的走！

【原载 1987 年 8 月 15 日《武汉晚报》】

鲁迅事其父
曾有"最大的错处"

鲁迅在《父亲的病》一文中，谈到他病笃的老父弥留之际，气喘渐舒，正昏昏地辞世，这时，一位"精通礼节"的邻居衍太太却频频催促少年的鲁迅一叠连地大声呼唤"父亲！父亲！"用意是即使把濒死的老人召唤回阳一分钟，也算是尽了人子的"孝道"。而这一来，却徒然又增加了老人死前的痛苦，重新喘喘地责备道："什么呢？……不要嚷……"这事使鲁迅终生失悔，觉得是自己"对于父亲最大的错处"。

鲁迅善于汲取民族道德中的可贵传统，包括事亲之孝，在其亲长面前，例如在他母亲面前，他始终是体贴入微的好孝子。但他又是一个求实的唯物主义者，当他看到自己的父亲药石罔效只剩喘气的时候，也曾浮起过"还是快一点喘完了吧"的一闪念，也就是说希望老人早日了结那苦而无望的残生。他事后自省，"觉得这思想实在是正当的"，诚如他在日本学医时老师传授过的医德

"可医的给他医治，不可医的应该给他死得没有痛苦"。

该如何对待濒死的绝症患者，中医和西医之间，东方式的"务虚"精神和西方式的求实态度之间，其实是两种文化观念的泾渭。宋庆龄就曾面临过这种抉择，孙中山陷入于晚期肝癌的痛楚中，连止痛药也失灵时，她作为孙夫人，痛苦而又斩钉截铁地接受了北京协和医院大夫们的建议：让中山先生在大剂量的安眠药中进入永眠。她完成了对丈夫最真诚的恩爱，实行了最高度的人道主义。

鲁迅的观点，宋庆龄的作法，其实也是一种振聋发聩的观念更新。终会为大家所接受。但这接受过程也并非轻易的，例如我，前些时教研室一位同事八十八岁老母在医院一躺多时，耗费数千，靠输血、输氧、输液以苟延其纯"植物人"的残喘，儿孙们轮流请假值守，以全"孝思"，连医生也哀怜这一位躺着的和一群守着的，曾建议（怯怯又委婉地）"你们一旦把老人的氧气抽掉，她和你们都解脱了"！然而这位做长子的同事，在理智与热情、欲"解脱"而怕"解脱"之间进行了激烈的拉锯，还就此专程上门"不耻下问"于区区，我也格于传统的世俗，未敢对他作出明确的建议，怕落得唆人不孝之骂名，只含糊地对他说了鲁迅和宋庆龄的故事,愿他有以旁通。可见我也越老越世故了。

【原载 1987 年 9 月 18 日《老年文汇报》】

"凭良心"之外

有一句话既熟悉又陌生,几乎成为一句处世金箴或警世通言,常在我们耳际响起:"凭良心办事"!或"凭良心过日"!

我就听过一位提篮买肉的主妇这样央求正操刀的摊主:"您家就凭良心割吧,少点肥的,多点瘦的!"还听说有的厂长在职工大会上这样作的号召:"我凭良心办厂,凭良心为大家谋福利、涨奖金;大伙也给我凭良心上班、凭良心干活……"

"凭良心办事"这句话,眼下似乎正在挤占着许多老式格言的地位,诸如我们往年惯于听到的:"按原则办事","按规矩办事"……

"良心",这一覆盖面极宽的多义词,又频繁地出现于当今人际交往的语汇中,被用来熨平人们心灵中的皱褶,用来润泽有待"根本好转"的世风,人们钟情地呼唤它,膜拜它,希望因它而增光自己的形象,或者求它以庇佑自己的权益。

"良心",当年被"红卫兵"喝问过"多少钱一斤"?现在我依然算不出因而也答不出它的价值来，但如果按照梁效之流的文痞们的折算法：良心即等于人性论，即等于人道主义，即等于一钱不值，但我倒有另外一种比价法：人性总比畜性值钱，人道主义总比魔道主义值钱，因此，良心永葆，总比"良心被狗吃掉了"好。

但良心毕竟是一种自我的道德判断，或自我的善恶抉择，良与不良，存乎一心，这标准，往往决于"自我"，而各自的"我"，又都受囿于不同层次的教养和不同品位的性格。所以各自标榜的良心，往往不是一回事。有人可以"凭良心"办好事，有人也可以自觉或不自觉地"凭良心"办坏事。

因为良心一词的内涵太歧杂，外延又太绵蔓，是不足为"凭"的，起码是不宜独"凭"的。良心以外，可凭的东西还很多，如法制、党纪、政规就是。

【原载 1988 年 5 月 27 日《武汉晚报》】

值得哀而鉴之的"马科斯现象"

我们亚洲黄脸族类中出了两个丑角,最近在世界所有电视屏幕上丢尽了人,现尽了眼,可谓"臭满全球"。一个是东南亚的马科斯,一个是东北亚的全斗焕。

两个活宝都是一度在其本国政坛上叱咤风云,骑在人民头上拉过屎尿;都曾是其本国最大的"官倒",都有亿万国帑为家私的魔术;又都在万众唾骂声中"仓皇辞庙",现在又都以待囚徒的凄惶"垂泪对宫娥"。而他们都又像一切独夫加流氓一样,明明腰缠万贯贪来之污,却装出委屈的样子,在自己额门贴出告白:我这"隔壁阿二不曾偷"!——全斗焕在道歉讲话中承认自己"失职于用人不当",而马科斯连这一点也没有,摆出"死猪不怕开水烫"的无赖相。

类似这种活宝,前两年在中非和海地也出现过。他们间固有大巫小巫之别,百步五十步之差,但他们从发迹到倾亡,从腾达到潦倒的过程,几乎如出一辙，有其命运的共性。他们本身就是封建冻土上孳生的豪绅政治的毒草，又是被新兴的民主与法治浪潮冲击的顽石。

姑且把这类人物所造成的时代氤氲称为"马科斯现象"吧。从这种现象中，我们感受到历史的泥泞。

当我们跨过每一程泥泞之后，我们又都善于做事后诸葛亮，勇于做打死虎的英雄，而且这些诸葛亮和英雄们又惯于互相嘲笑，我们笑过致力于肃清个人迷信后果的赫鲁晓夫："当年斯大林在世时你们干什么去了？"我们同样被嘲笑"为什么文革时跳忠字舞，跳得那样潇洒，那样由衷"？现在，我们当然又有权利嘲笑那些菲律宾人和南朝鲜人，笑他们当年为什么能容忍马科斯全斗焕之流如此胡作非为？笑他们当年为什么眼看大量民脂民膏流放瑞士银行的私人户头而不斥不阻？如果当年防范有方，督堵有力，又何至于今天才沸沸扬扬地追诉！

其实，这种事后的嘲笑，这种隔岸的义愤，是很廉价的。世人倘未最终出离历史的泥泞，仍难免身在事中不明事，当在局中迷于局，仍会有意无意中怂恿或成全了"马科斯现象"，会木然地哺鼠，把鼠哺肥大了，才勃然地捕鼠，已"可怜无补费精神"，给旁人和后人提供笑料。说来可怜，我们人类虽然进化为万物之灵了，但我们还保有不少绵羊意识，须有一个挂铃铎的山羊引领，才会走路，否则就六神无主，不知进止了。世上还有一些地方的人民"三日无君则皇皇如也"，没有皇帝供他"紧跟"，就简直活不了，于是想方设法造出一个皇帝来安排自己的命运。马科斯不过是菲律宾人造出的一个小巫而已，蜜蜂们造了蜂王，白蚁们造了蚁后，竞相用"王浆"之类的高级供奉养肥了它们，使它们飘飘然又俨俨然，马科斯老婆有几百双镶珠嵌玉的绣鞋又算什么，"中非帝国"的至尊还吃人肉呢！

"马科斯现象"固然是历史长河中几朵腥臭的浮沫，但又是一种可悲的恶性循环，蚁民们竭诚地造了神，而被造的神则反过来欺诈蚁民，蚁民们以殷望始以失悔终，然后又轮回到新的殷望和新的失悔，而每次的失悔又夹入了怨愤。他们的失悔和怨愤只在诸神失去了神杖、走出了神龛以后才有机会也才有胆量表露，马尼拉和汉城的事后声讨、事后清算的怒潮，但愿不是杜牧在《阿房宫赋》结尾所慨叹过的历史循环中的一环才好。历史的悲剧仍得一代一代的后人替前人扼腕？历史的丑剧仍得让隔岸再隔岸的旁人对受害人嘲笑？

要打破这种恶性循环，要制止"马科斯现象"重演，就得不止单纯的扼腕或嘲笑，就得出离杜牧所说"哀而不鉴"的"唯哀史观"。"马科斯现象"的可"鉴"之处，在于提醒我们要摆脱我们观念中某种遗传基因，诸如绵羊蜜蜂、白蚁这些生物进化链中远缘传感基因，不要自轻自贱地自视为蚁民，没有"牧民者"来"牧"一下，就觉得浑身不对劲。对蜂王蚁后们的享受和权限，都用法制严严地监督起来，这种监督，不是追诉于事后，而是防范于事前。

【原载1989年1月2日《蛇口通讯报》】

"普法"该怎么个"普"法

作为精神文明的一项战略部署，近年我们很下力气于法律知识的普及，简称"普法"。这普及法也很多，对干部职工进行"普法"考试就是"普"法之一。我也曾以普通一员的身份参加过，考前像高三学生一样认认真真"擂功"。之所以不敢马虎，并非听说"成绩要记入档案"，会"影响升迁"，实在是因为自觉一头白发，落个不及格的话，面子没处搁。幸而考试成绩非常好，几乎是个满分。领导当众表扬了我，"人家老陈头花甲之年还这样，你们这些年轻人该从中悟到了什么"？这于我很光彩，颇窃窃沾沾自珍了好一阵，也感到脑袋进了一些法律知识，总比法盲好。

但是过了不久，我为应考而死背的许多法律条文就忘光了，这使我很伤心，好在一位从事律师专业的朋友及时安慰了我"这一点也不奇怪，无须耿耿于怀，法律条文万万千，哪里记得清许多！连我们做律师的，办案时也得临时翻查，何况你们"！

　　看来，我还是对得起那次几乎满分的好成绩的，如果说其中也有问题，那可能在于"普法"教育不该仅仅用这种方法来"普"。我"悟"到的是：首先应该普及的不是法律条文，而是法律意识。条文，是机械的，是极难背诵，而引用时并不指靠背诵的。意识，是植入人心并指导生活的精神力量。我们当前所急待造就的，不是法律条文的背诵者，而是法律意识觉醒者。

　　而法律意识又包括两大方面，一种是权利意识，一种是义务意识。强调权利意识，是引导人们如何维护自己法定的公民权益，如何向一些违法现象作斗争；强调义务意识，是告诫人们如何尽一个公民的本分责任，如何避免做出违法越轨的事情。权利义务两者当然是不可分割的。但就当前的"普法"实践看，从报刊电台到居委会的老太太，从家长到老师，所叨叨教导的，诫人不要违法的多，促人如何"维"法的少，不许不准这样那样的多，鼓励勇于应该这样那样的少。这大概与我们传统的"独善其身"、"明哲保身"的教化有关。是否在许多人的潜意识中仍觉得：终生尽义务的雷锋不妨学，拼死争权利的张志新学了划不来？

　　于是，路见不平而甘当看客，身受横逆而"打掉牙齿和血吞"。这正是主人意识、公民意识、权利意识尚未觉醒的结果。也正是"普法"教育应该重点去"普"一下的精神处女地。

1989 年 1 月

许　愿

许愿，不仅是善男信女们向神佛求佑时预订的一种口头契约，也是人际关系中的一种互惠互制程式。大而至于总统竞选人扬言如何富国利民的拉票演说，小而至于一家之长在饭桌上宣布下礼拜天要挈妇将雏逛公园，都算是许愿。

于是，人们就从别人声声的许愿中汲取慰藉或者得到苟安，感到鼓舞或者看到希望。人们又各自以声声的许愿去显出目标并规划前程，反哺亲长或报效社会。有人把已许的愿当作兑现信义的支票，当作自我的人格宣言。却也有人把许愿当作广告的装潢，当作沽钓名利的诱饵。

检点平生，我也许过不少有声无声的愿，而且听过别人许出的大大小小由衷或不由衷的愿。大都成了过眼烟云，铭心者极少。最初也是最难忘的一次，是八岁读初小一年级的时候，妈妈和我互相许愿：只要我门门功课都考个八十分，她就给我买一个与别家孩子一样的书包。期终，我果然考得很好，也就是说，我践愿了，然而妈妈却不能，妈妈含泪向我道歉，说是日夜靠做针线活糊口实在难，书包就不买了，还是将就用那个破藤箧吧。我没有生妈妈的气，而且顿然"长大"了许多，当时我还不会对她许下要为她分忧之类的宏愿，而事实上暗自把每天三个铜板的早点费积攒下来，十天以后，出其不意地给家里买了一次带有四两肉的菜，妈妈接过菜，搂着我哭了。从此，我懂得了生活的艰辛，也懂得了许愿的涵义和许愿的方式。一晃半个世纪又过去了，之后虽然也披肝沥胆也许过很多愿，例如要做个有出息的人，做一番经国济民的大业之类，可惜至今仍碌碌无为，了无出息，壮志未酬发先白了，也只好以"人力不可克服的原因"而自谅并认输。积数十年之感受，深知人生天地之间，一愿之许，不可闹着玩；又深知凡别人对你许的愿，越甜蜜，越"如雷贯耳"，就越应存疑，只能姑妄听之，以观后效。过分天真的轻信，会招来更大失望与痛苦的。

鲁迅曾说过类似意思的话：如其许配给我一个未来的黄金世界，不如现在就请我吃一碗云吞面——这是何等斩截的现实态度！用这种办法大概很有助于堵住某些浮夸的海口。粤谚中有谓"风水佬讹你十年八年"，当代青年多不知风水佬为何物了，那是替人选坟山的人，据说有发现

"龙脉"之类的"特异功能",每每夸下海口:"葬下去,三代不发,只管捆我嘴巴!"这类许愿就居然有人听得进而且信得过,连"三代"值多少年的简单算术也懒得去算一算。

比风水佬更厉害的,是内地一些农民役牛时采用的办法,在牛角上挂一束青草,使那忠厚的牛眼里总闪烁着一个绿色的希望,在可望而不可及的希望中,忘却了举步的辛劳。这种"惠而不费"的许愿法,其实不光是农民施之于可怜的牛,历代的牧民者也惯于采用的,先朝的帝王们的一篇篇安民诏书,不就是一束束挂在牛角上的青草么!民安了没有?愿酬了没有?斑斑的史实早就回答了。

太好、太远、太玄的许愿,不如没有的好。当然,一蹴可就的分内事,也用不着许愿,如有朋友对我说:"只要你肯光临敝寓,我一定用真正的开水而不是用生水招待你。"我就觉得他这个愿未免许得太儿戏。人们通过许愿显出的目标太高太低都难获得共鸣,正如篮球架的高度不宜太高太低一样,只有齐胸高,一投就入,没劲。高到电视塔似的,永难投入,也叫人索然。

因此,我很欣赏最近北京就物价问题许愿的求实态度,八九年物价上涨指数要明显低于八八年,他们没有不切实际地声言新的一年不涨价或降价,也不是不负责任地说物价管不住,听其自然,一味要国人共体时艰。物价仍将涨,但不是大涨仅是小涨,不至于失控到超过大家的适应能力,这种许愿就很好,体现了一种可贵的政风转变。

【原载 1989 年 1 月 26 日《大公报》】

反侧辗心录

——感屑而已

有人也效"孔融让梨"——碰到烂梨的时候。

有人也效陶潜"不为五斗米折腰",——因为他想"调资"到六斗再说。

人们真管得宽,连月亮背面的山脉也命了名,可是自己的第四个手指仍让它叫"无名指"。

当年曾把我当坏人的人,我曾哀怜地把他们当成好人。
原来我们都错了。

现在是过去的未来,又是未来的过去。
只苟安于现在,而忘记了现在是过去的延伸,又是未来的准备,那末,其所把握的现在,仍不过是一个单薄的现在。

再高级的滋补品,陈腐了也就不如新鲜的菜根有营养。

把豆煮熟了的豆萁,当主人称赞豆味美的时候,该不该感到悲哀呢,应取决于豆粒们是否一举得宠而忘形、忘本。

"四人帮"的确是被"一举"而粉碎了,但这些恶棍所代表的文霸、文痞、文丐作风,不是"三举两举"就能肃清的,呷一口两口庆功酒不妨,喝得醉熏熏就不好了。

"酒已去了半瓶!"——悲观者这样感叹眼前的半瓶酒。
"酒还剩下半瓶呢!"——乐天者这样欣幸眼前同样的半瓶酒。

可惜名家大师们天年有限,许多新鲜事都来不及为我们下妥万全的不朽定义,这很使我们的引言家语录师大为其难,大伤其心。

马路已非"马"行之路,
饭店亦非售"饭"之店;
顾名不一定思得其真义。

高山水贵,樵夫们在岩上每以唾沫磨刀。

这个办法也被并不缺水的人仿效了，因为据说因此法磨出的刀更易伤人。

拳经的封面每每印上最文雅的图案。

有些聪明的船主，愿以高薪雇用曾经海损灾难而生还的水手。
尝过失败乃至于绝望痛苦的人，更易于成为强者。

"将在外，君命有所不受"。
之所以如此，倒不是因为君的鞭长莫及，而是因为君的见闻不济。

现实往往向道德家提出这样的难题：手中只有一个烧饼，面对一百个饿童，是让一个孩子百分之百地吃下这个饼以疗饥呢，还是让每个孩子各分百分之一的饼去求得心灵的安慰呢？

大学入学考试的落第者，叹气的多，骂娘的少。
大学毕业分配的失意者，骂娘的多，悦服者少。
其原因大概是前者公开地给人以均等的竞争

机会，后者却神秘地弄乱了标准。

　　舟车中邂逅的旅伴，交谈时敢发点牢骚，倒不是因为旅途无聊或喝了酒，只因为想及到站后各走各的，不致于到领导面前去嚼舌。

　　一个人路过球场边，被失手的球击中，冲击力即使有十斤，他不觉得痛苦，因为人家打球的人是无心的。
　　一个人被一个横逆者无理地捆了一掌，即使这一掌的冲击力只有五斤，他也会痛苦，因为这里面有屈辱。
　　使人痛苦的，往往不是痛苦的本身，而是造成痛苦的原因。

　　一个潦倒者潦倒到不可收拾的时候，他索性不去收拾了。
　　靠收拾记忆度日的，往往是弱者。到了要靠"道"当年"勇"来维持褴褛的自尊时，他的剩勇已无几了。
　　试看世间在任的总统，是不写回忆录的，轮到他要写回忆录的时候，已经是下台的总统了。

　　有些学会成立之日即夭折之时。

新上任的理事什么都忘光了——竞选时的许愿、宏图、宣言……

但他有一件事不会忘记：在名片上加印一项头衔——某某学会理事。

红盔绿甲的苍蝇比一般苍蝇更漂亮、更魁伟。——然而也更脏。

废墟固然是可怕的，但更可怕的是在废墟上躺倒作无休止哭泣的人，在废墟边阻挠别人清理垃圾的人。

光用哭声是不能重建家园的，不清理垃圾也是不能重建家园的。

以出世的襟怀做入世的事业，是许多有为者的共同气质。这些人还有一种更可贵的特点：出世时出而不离，入世时入而不迷。

极痛时只会号痛的人，
痛定后未必能深刻思痛。
痛苦到悟出痛苦的原因，他就有可能出离痛苦了。

脑子发达，嘴巴退化，问题不大。
脑子退化，嘴巴发达，就可怕。

恨虎而又不敢或不能搏虎，乃自灌一肚子"滴滴畏"，然后以身饲虎，欲与虎同归于尽，但如果老虎不吃死人肉，或只吃肉而不吃肠肚"壮志未酬身柱死"，落得一场悲壮的愚蠢或愚蠢的悲壮，对此，我肃然中有点惨然。

"条条大路通罗马"。

但我想，罗马城门不见得对条条路的来人大开方便之门。

【原载 1989 年第 2 期《芳草》】

咳喘效应

朋友中颇有几位嗜烟如饭的老枪。他们对吸烟的诸多坏处,也能熟诵如流,其家境不算很宽,其"妻管"可算很"严",可就是戒不掉,乃至于再不存"戒"心,认定这一辈子是"死难改悔"了。甚至宣言将留下遗嘱:死后的骨灰要洒在祖国的烟田上,以报"熏陶"之恩。这豪言壮语,不知是出于无奈呢还是处于无赖?是为我辈瘾民争光呢还是增羞?我一时还没有研究出。

但其中一位豪言家忽于上周见访,"三秋不见"之后,我仍"如隔一日"似的按老规矩向他敬烟,不料他竟拱手谢绝了,我笑问他昔日豪情安在哉,他尴尬地只说了两个字:"咳——喘——"。

道理感召不了他,香烟提价难不住他,严妻管不了他,而一咳一喘的切肤兼肌之痛,倒使他服了。不再发豪言壮语而洗手不抽了。此公的戒烟的契机与历程,虽还不足为烟民们的正面或反面教材,但从中可以引发一种思考:人们在自我克服和自我塑造中，是非的抉择和利害的权衡应该是同步的，不可偏废的。一味用大是大非去号召人，或者一味用大利大害去刺激人，大概都难助于人难补于事。人们在皈依道理的同时，难免还要预计得失；人们在珍惜正面的经验之外，更能记取反面的教训。对瘾君子们宣讲一百次"抽烟有百弊"的道理，还不如他自己尝到剧咳大喘的滋味有效。鲁迅的三师兄受戒时，九团艾绒在白门上齐烧，他能忍着不哭不闹，并非他深明"大乘教理"，只因为师父有言在先："拼命熬住，不许哭，不许叫，要不然，脑袋就炸开，死了！"这里，利害比是非更起作用。

明乎此，我乃觉得这些年来，我们对不清不廉之徒所晓的大义够多了，求他们看在国运民命的分上"高抬贵手"的言辞够恳切了，但有些人有些事光求光说大概不太管用，正如某些嗜烟者不咳到直不起腰来，光靠动情喻理而难于熄火一样。对某些习惯定势的扭转，得让习惯的茧中人明白不破茧自出所要付出的代价是什么。

【原载 1989 年 2 月 24 日《武汉晚报》】

海外归客的去来

对外开放以来,海外"三胞"中的熟人回来探亲观光的不少。所谓熟人,无非是我当年的同学或远戚而已,并不属于一等的血亲或姻亲。他们的来去,我只有迎送的道义并无迎送的责任,除非归客们本人专电通知我,我是决不到机场车站的迎送行列中凑热闹的。并非有怕再交待"海外关系"的余悸;也不是怕自己一介穷教员在已经学富五车或腰缠万贯的故人面前自惭形秽;实在是觉得他们的归来,蜂迎者必多,即使我不到场,气氛也够热烈了,何须我去"锦上添花"!不妨等到如果有这样一天有这样一位从坦赞铁路工地回来的"留洋"苦力,他背石头跌折了腿,下车时需要亲朋的扶持,别人都不愿去"夹道欢迎"时,我一定提一壶苦茶,买两贴伤湿止痛膏去"雪中送炭"的。

而我所准备奉献的苦茶和伤湿膏一次也没有用上,我所并不热衷的叨光抽两支洋烟的机会却频频出现。上月,一位归客回来落定以后,就托人通知我到他的故家相见，唏嘘一通当年在抗日战争时如何逃难，如何在油灯下苦读的往事，忘记了近半世纪海天遥隔，回到了昔日的童真。他舍不得"端茶送客"，我也忘记了起身告辞。这时他的家人却耐不住醋意了，嫌我多占了理当由他们听取海外风月的时间，委婉地对我逐客道："您家路远，搭车很难，马上就是职工下班时间的乘客高峰，您现在去赶车还不太挤！"我失悔于太醉心"共剪西窗烛"之乐，竟麻木于时间的流逝，从座位上弹起来道歉而且告辞，这时，这位老同学脸上那美籍华人大学者的气度荡然无存，又回归为初中时代我的邻座，又怯又惶的神态，有如一次考试中他偷看我答卷那阵一模一样，一边搜他自己的口袋一边向我抱歉："呵呵，真对不起，我带回所有东西，包括准备送你的礼物和我自己的日用品，都让亲戚们分光抢光了，分不匀，他们之间还吵了架的，真想不到，他们竟然用这种方式迎接我这游子返里！我现在是一无所有了，还剩下一些美金他们没有搜去，给你两百，你自己买点什么，算是我补送给你的小礼物吧！"

这下子轮到我惊惶了，我平生不滥用别人的好意，绝无接受友朋钱财馈赠的习惯，就诚恳又正色地挡回他执持美金的手，逃走了。这时却见他们家几双贪婪而又庆幸的眼光，一齐射向那两张钞票，像是发现他身上的油水还没有全榨光，又像是欣慰于"肥水不流入外人田"，既然我这个"外人"不曾染指这两百美金，他们家中的阿谁就有可能承接我所吐弃的幸运了。

离开这所第宅之后，我一路走就一路想：这位去国半纪游子抱着热切的归心回来，大概又将抱着若失的归心回去了吧。当然，他的回来是被欢迎的，但更受欢迎的是他带回来的彩电冰箱乃至于戒指打火机；他想给家人带回团聚的欢乐，却造成弟妹侄甥之间因争夺礼物不均而反目成仇！

该怪你离境多年而忘俗呢，还是怪他们人穷志短而失态？

我们是很爱面子的民族，曾经因有"丑陋的中国人"之说而大哗，然而我们却不时做出一些并不美妙的事来，让海外侨胞、同胞、异胞们欲替我们美言而不能。这位可怜的老同学呵，你就回去吧，我也是很爱面子的人，我就用一个爱面子的老同学名义请求你，你回到彼邦的时候，可千万千万少把你的家丑外扬才好，否则又给柏杨那小子凑材料了。

几年以后，你如果乡愁难熬，又动归心，再回国的话，你最好倾你的财力，买他十万八千台彩电，二万五千匹衣料，包百十架专机载回，你的家人、族人、外戚——打发得饱饱满满的，庶几皆大欢喜！再有一个办法就是，你只穿个短裤衩回来，手无寸礼，孑然一身，以绝你弟妹侄甥分肥之望。不过，这么一办，也许你的故家之门会闭而不纳你，但也不要紧，到时"请到寒斋食苦茶"就是了，我会接待你的。

【原载 1989 年 4 月 1 日《武汉晚报》】

人类啊，得抬举抬举自己！

这些年，我们在抢救熊猫，抢救金丝猴，抢救一切濒临灭绝的动物，我们真是管得宽却也管得对的。

可我们偏偏忽略了抢救我们自己！

我们的人丁已经兴旺得超过了十一亿，决不会轮到我们成为"稀有动物"，何劳抢救！而我说的抢救，是指把许多"物化"了的人抢救过来，使他们回归为真正的人，把萎缩了的人抢救过来，变成"大写"的人；使人们觉醒于自己应有的价值，应有的尊严。也就是鲁迅在《狂人日记》中借狂人之口呼唤的"救救孩子"之意，也就是鲁迅毕生致力而未竟的"立人"之志。如果有人嫌"抢救"一词太危言耸听，换成"抬举"，就顺耳多了。

东方文化由于少受欧亚文艺复兴人本主义思潮的沐洗，于是有一种由来已久的"蚁民"思想。历代的封建主视民如蚁，顺脚踩死它百儿八十，小事一桩耳，不足为惜的。蚁民们自己也觉得被踩被踏乃与生俱来的天职，不以为苦的。所以我们对山姆大叔不惜巨资到越南老挝去搜寻当年失踪美军的遗骨，远比我们采集"龙骨"做药材还热心；对一些国家不惜倾其国力去打救被扣的人质，远比我们许多好汉冲入火海抱出彩电还英勇；其中是个啥道理，我们是不容易弄明白的，反而会笑他们是傻人做傻事。

记得日寇败降时，当时的"国民"政府给前往湖南芷江洽降日军联络官下的头一道命令是：所有在华日军的军火辎重必须妥善保管，扫数纳降，不许散失。而同时东南亚盟军总部下给日方的头道命令是：所有被日军俘押的白种兵员和侨民必须妥加优待，全部送还，不许伤害。两道命令，一道旨在捞物，一道旨在救人，何其分明！又记得前年兴安岭火灾后，"有关方面"发布了七项损失账，前六项列的是汽车、拖拉机、房子、木料之类的物资损失数字，而一百五十五人的葬身火海，仅列为第七项而已，几乎被看作区区小事。可当时连赞比亚总统等许多国家元首却纷纷来电哀悼这些受难者。看，列账者所戚戚的是物资，发唁电者所耿耿的是人命。这又不知是人家傻呢还是我们怪？

只有一个解释，我们好像自贬了人的价值，我们观念中有一种不自觉的文化积淀：人，多的是，物以稀才贵嘛！我们穷怕了，要的是财物，物重于人。而且，人多嘴杂，难得侍候，除非他们都是蚁化了的蚁民。蚂蚁作为食品,据说营养价值很高,可惜这项科技工艺尚未引进,所以蚁太多也无补于国计。最好是人的牛化,又驯顺,又肯做,还可以做牛排,做皮鞋。

鲁迅不就自诩为孺子牛么,许多人不也声言要学习鲁迅"吃的是草,挤出的是牛奶、血"的精神么,如果举国皆牛,世事该省心多了。但鲁迅这条"牛"所"俯首"的是孺子,而不是刁主,所"甘为"的,是辛勤的牛而不是麻木的牛。他就说过他做牛也有其条件和限度:要我耕两亩地,可以的;要我拖两圈磨,也可以的;要我到牛奶店的门口站一站,背上贴一张"本店备有肥壮母牛,供应高质牛奶",也勉强可以的,虽然我明知自己是公的,而且瘦骨嶙嶙。但如果把我驱入屠宰场,杀肉剥革,我是万万不干的。可见鲁迅也生恐彻底牛化的,他始终坚持"立人",立真正的人。

只有把真正的人立起来了,人间才像人间。但《法门寺》中的贾桂,因为跪惯了,要他"立"起来,一时还会浑身不自在。这就得靠一切想回归为人的人,"互相抬举抬举"了。人人都把自己当人,又把自己的同胞当人,庶几找到了自己,庶几成为自己的主人。

【原载 1989 年 4 月 22 日《大公报》】

国际军事法庭上的启迪

二次世界大战之后，同盟的军事法庭分别开庭审判了日德两国战争罪犯，惩处了一批罪大恶极的法西斯狂徒，这对于刚揩干血泪的亿万孑遗，曾是一件大快人心的好事。

但好事却也多磨，国际军事法庭在取证方面就煞费周章。对纳粹战犯的杀人罪行还比较易于搜集，因为一座座集中营和杀人工厂都保存得很完整，加上刽子手们还颇有日尔曼人的求实作风，宰了多少人，谁经手屠宰，都有表报记录，有点像我们现在肉类厂的统计表一样了然。党卫军虐杀了多少犹太人，野战军坑杀了多少战俘及平民，也一一写入他们的邀功战报。他们无意间为自己血写的暴行留下了墨写的档案，最终成为自己被起诉的供状。而日本人在草菅人命上就马虎多了，他们通常是"即兴"杀人，形同儿戏，杀了多少，心中无数，第二天连屠夫自己也茫然难于忆计了，自然也就不兴留下什么记录。在这一点上，大和民族远不如他的轴心国伙伴的日尔曼民族认真。

但也有个别挺"认真"的,有两个日军少尉野田岩和向井敏明,1937年冬在初陷的南京,为了比试各自军刀的锋利,较量各自"杀人不眨眼"的赫赫武功,曾进行过一场以各自连砍一百五十名中国徒手军民为"决赛目标"的比赛,让随军记者拍下比赛现场照片,并刊登在东京《日日新闻》版面上。不过,像这类现成的档案极少,审判日本战犯时不得不借助第三国乃至于教会或慈善团体的记录。人家日本人作为施暴的一方,马马虎虎倒事出有因,而我们中国作为被害的一方却也马马虎虎就情无可原了。当时的中国政府竟无系统的受害记录,以至战后东京国际军事法庭索证时才拍脑袋去调动记忆,国民党的军政部次长秦德纯出庭为南京大屠杀的日酋松井石根的罪行作证时,他只会说些诸如"日本兵杀人放火,无恶不作,罄发难书,神人共愤,何其毒也"的非法律的骈俪语言,以抒悲愤。被法官当作空话,被旁听席上的人发出扼腕的怨声,起哄要把他逐出法庭。好在当时中国还带去几位大屠杀时的尸堆生还者,他们当庭脱去衣服,露出身上的累累刀痕,算是提供了控诉日军暴行的"人证"与"物证"。然而,这又是多么微末而又多么可怜的一点残存证据呵,是日本兵用军刀"写"在中国平民肉体上的,虽然比秦德纯那篇洋洋洒洒而又空空洞洞的骈俪文词略胜一筹。

　　作为抗日战争被害国的孑遗之一,我此刻披阅这段史料时的心境,可真是感触万端,这万端中的一端,是想到我们民族是历尽劫波的民族,而我们的列祖列宗又每每惯于以麻木招架劫波,又善于以健忘打发劫波。鲁迅通过阿Q这一形象的塑造,对此作了精彩的艺术概括:死之将至的阿Q,是如此木然而且泰然;被王胡和假洋鬼子痛打后的阿Q,能瞬即忘却。麻木和忘却,是祖传的两大法宝,用以消解痛苦。因为麻木,乃能身在苦中不觉苦;因为健忘,所以痛定之后不思痛。于是,活得既窝窝囊囊,又马马虎虎。不习惯于把灾劫铭刻在心中,记录为史档。越王勾践得借助卧薪尝胆才不至于麻木,南京大屠杀的幸存者得借助于身上的刀痕才不至于遗忘,这不知是我们民族赖以绵延的长处呢,还是我们民族长期不振的短处?得过且过的人是混世主义者,不带着历史感生活的民族是短视的民族。因为现在是过去的未来,又是未来的过去;我们的身心中,既蕴藏着过去的史迹,又都孕育着未来的档案,对于这些有形无形的信息,我们有责任铭记和珍视,使我们民族的悲欢得以绵延和提升,化为精神财富。我们曾经为审判日本战争罪犯而不得不借助第三者的记录而脸红过,我们又正为研究"敦煌学"的人不得不借助域外的档卷而脸红着,我们真不再希望后人为研究"文革史"之类还得向外人索借史料。那么,我们就得带点历史感生活,带点录史癖去对待世态与世变。少为后代的考古学家增添不必要的麻烦。

【原载 1989 年第 6 期《共鸣》】

先生！——先生？——先生！

按照我们古国的传统，先生一词，是对年长而有德者的尊称。一度成为教师和医师的专称，而在特殊的场合，例如，与"夫人"并列时，指的是丈夫，与"女士"并列时，指的是男士。

我们开始吃小米扛步枪闹革命的年代，一首苏联名歌《祖国进行曲》在人们的口头上流传，歌词中有这样一句："我们骄傲的称呼是同志，它比一切尊称都光荣！"于是，大家也就以互称同志的办法以互惠光荣，但这份光荣是不轻易外泄的，例如，对李鼎铭，因为他没有党籍，不收他的党费，所以就只能叫先生。此法也沿用到共和国成立以后，对民主党派的领导人一律以先生称之。某人百年之后，看讣告或悼词的标题是同志或先生就可一目了然他是党员非党员了。至于当时党籍尚未公开的郭老，党籍尚未恢复的茅公，因为是举世周知的共产主义者，所以对他们的称呼也就"二四八月乱穿衣"过一阵，时而先生，时而同志。而对鲁迅，却又大都只以先生称之，这大概属于习惯成自然。对外国的共产党人，从白求恩到列宁，都称为同志，但也以列宁为上限，上溯到马克思恩格斯，就省去同志了，"返朴归真"到直呼其名，或者在其前加些"伟大导师"之类的定语。

尊称发展到至尊的高度，是连称呼连名姓也省去，只剩下光杆职称。例如只称"主席"，意思是这个称号非他莫属，舍他无谁，决不会误解另有别人敢配此职。正如孩子称自己的父亲为爸爸一样，指的决非他妈妈别有丈夫。所以称张部长李教授什么的，仍属凡庸之辈，离至尊还差得远。

与此同时，同志和先生两词也发生了歧变，恰恰也是我国政治生活发生了歧变。有人被称为同志，觉得欠"光荣"，甚至觉得不过瘾了，要称官衔，例如张处长李书记之类，否则就近乎"目无领导"，要遭白眼的。其原因，大概并非由于中苏交恶，不再唱舶来的《祖国进行曲》之故。至于先生一词，似乎也不再是对年高德劭者的爱称，而是"非我族类"者一种贬称，甚至是沦为某种"分子"前的过渡标志，胡风无恙前，被称为同志；一受批评，则被谥为先生，更受批判，则先生的称号就被取消了，到被声讨时，则沦为"分子"。所以当年哪一位作者一旦被称为先生，作品一旦被"商榷"，他就胆战心惊，赶紧向老婆孩子交待坐牢的后事了。因为经验告诉他：先生者，列入另册之凶兆也。

　　世事也真如螺旋，先生的称谓，近年来又按其本意再度流行起来了，尤其在文化界，在文化活动的场合。我收到的信件，信封上称我为先生者，日益频繁，我不但不胆战心惊，反而乐滋滋的，当然，我无才去收获尊敬，也无心去品味此中有多大尊敬，但我觉得挺合适，因为我这匹夫已皓首之故。我看到一些党员老教师也被张先生李先生的叫，他们不但不因为失去了同志的称呼而生气，反而眯眯地笑纳。见歌舞演出，报幕员把中年以下的女演员一律称为小姐，人们并不推敲此"姐"是否"小"到尚未做妈妈，同理，男演员一律被介绍为先生，人们也不致于追问为何把党员同志也降格为先生。这一来，在整个社会生活中，先生与同志并无泾渭之大别，在某种场合中竟然是可以互相渗透、互相置换的，民主党派的老夫子们在这种气氛中，就可以省免许多见外感了。

　　先生这一词义的演化以及其适用范围的扩缩，也积淀着我们的政治风云和文化心态，它总算从庸俗社会学、从宗派主义的陈见中解脱出来了，发生了它温情脉脉的光泽。这就好，是不是呢？列位同志兼先生！

【原载 1989 年第 6 期《协力》】

凑 合

——无奈然而有效的粘结剂

托翁在《安娜·卡列尼娜》的开头第一句话就是:"幸福的家庭都是相似的。"依我看,未必。

即使表现出来的幸福景象很相似吧,其维系幸福的方式,缔造幸福的途径,为幸福而付出的代价,就千差万别。除了真情实爱的天作之合以外,我们或亦不免看到脉脉的迁从,善意的说谎,皮外的笑容,偷弹的眼泪。并以这些迁从和说谎、笑容和眼泪为代价,不外扬其家丑,不展示其自我,作出很快活很幸福的样子。——这种家庭还少么!

我明知道有些老夫老妻或少夫少妻婚后生活得并不满意,磕磕碰碰不断,邻居喷有叹声,友辈也闻之神伤,便每每仗着自己一头白发,多年知交的身份上门去做些疏导工作。如果老两口中的一口是老汉,我代表全体男性向嫂夫人致歉;如果小两口中一口是我的女学生,我就以"教不严,师之惰"的名义向小伙子致慰。不料我的作为大都落空,不管老两口或小两口,都是"一致对外"地对我笑脸相迎，优礼相待，压根儿不像有过风波，不像曾经抵牾的一对。细谈之后，他或她都好像约好似的，无奈而又淡然地回答我："算了，凑合着过！"

这"凑合"，是中国式婚姻赖以维系的精神力量，是儒家恕道教化的结果，是道地的国产粘合剂。与其说是感情的，不如说是理智的；与其说是自觉的，不如说是屈就的；与其说是对抉择的权衡，不如说是对命运的修补。

某遵命的婚姻，速成的婚姻，草率的婚姻，婚后难免发现意中人不尽在意中。气质的差异，志趣的相左，财权的争持，都被当作对方的缺点，一一地暴露了甚至揭露了。于是失望，于是失悔，于是痛苦，于是争吵，但人们又适可而止，不再升级。祖传的处世观这时起作用，好死不如赖活，绝情不如矫情，重建不如修补，嫁鸡随鸡，娶狗养狗，这就是凑合着过，过得凑合。不凑合又怎么办呢，分开吧，对不起儿女，对不起舆论，对不起自己的初衷。而且，到公堂去为离婚而对质，在世俗的眼光看来，原告不一定比被告更光荣。一连串的调查、调解，也够考验人们的耐性的；一连串的劝说、陈情，也够使人生畏的。在得失之间，悲欢之间，人们宁可"中庸"，宁可"凑合"，维持既成之局，苟安于不得不失、似悲似欢的局面中。

　　我们得感谢这种"凑合"观，否则，我们当会有更多的家庭桅摧船毁，有更多的婚变，更多失父或失母的半孤儿。

　　然而，我们也不该无条件地对"凑合"的态度作慷慨的歌颂，因为这里面压抑着旷怨的暗嗟，枯萎了真正的人生，积淀着礼教的酸腐。凑合，毕竟是无奈的。

【原载 1989 年第 7 期《爱情·婚姻·家庭》】

幸而我们都平安无事

前些时，我曾随一个离休干部旅游组去过一趟峨眉。登车前正好读了有关十堰武汉间列车一节车厢被凶徒洗劫的报道，我们一行心中颇有预悸，生怕也罹此横祸。在候车时，我利用闲谈，对旅伴们作了一次不露痕迹的"民意测验"："万一我们也碰到劫车的，该怎么办才好？"

有人口气很悲观："怎么办！六十岁的人了，叫我怎么办？要钱要命只好由他。"

有人顾左右而言它："不会出现这'万一'的罢，莫说不吉利的话，怪吓人的！"

有人胸有成竹："我身上就这百十块零花钱，强盗来了，我把钱往袜子下一塞，留十来块打发他们，这叫舍财免灾！"

只有两位当过"八路"的老者口气还有点当年剩勇："一车人难道就怕几个流氓！一声断喝，大家奋起，拿茶缸拿水果刀也拼得过他嘛！"

当然，这都仅是说说而已，大家的表态无从在"实践"中得到验证。但这一测验得到的反馈却是真诚的，似无违心的矫饰。因为这群老汉老妪早就过了爱发"豪言壮语"的年纪，都"返朴归真"了。不过，除那两位"老八路"外，这些真诚却也反映了我们祖传处世观的一种真实——面临横逆时，每爱用噤口以自保，宁舍财以免灾。

而无情的历史偏偏又爱和我们这多难的民族开玩笑，叫你噤了口仍保不了身，舍了财仍免不了灾。最近我重读了日寇在1937年冬于南京大屠杀三十万中国人的史料，使我悲愤的不仅是三十万同胞的被屠，而更因被屠的同胞绝少反抗，例如有三千多名解了甲的军人和弃了家的平民被三名（！）日兵拘押在煤炭港一个大货栈内，人既未绑，门亦未闩，三名日兵竟能喝令三千人要跪就跪，要坐就坐，然后都乖乖地被分批押出枪杀。一个自称"命苦又命大"的尸堆生还者忆述说："那时的人老实，都胆小，都怕死。"都想自保的人结果都保不住。

不知是传统的明哲保身之教奏了效呢，还是频仍的灾劫使我们的祖先吓破了胆？古国的文化心理中已积淀着一种羊性的遗传基因，这种基因曾使当年的日本兵在南京如入无人之境，也使十堰劫车的贼徒大逞威风。

不过，这都是为"做"这篇文章而写下的废

话，我们的峨眉之旅已经大功告成，回来下车时，同游者都额手相庆。

【原载 1989 年 7 月 24 日《长江日报》】

褒贬的分寸

爱之欲其生，恶之欲其死，这是人之常情；进一步，对所爱者欲其生得幸福，对所恶者欲其死得丢丑，也算是一种至情或激情；但如果爱到欲其生至"万寿无疆"，恶到欲其死后"食肉寝皮"，就过分了，失度了，是谓矫情。

情之浓淡，那是程度问题；情之真伪，却是性质问题。不同浓度的抒情之笔，只要与特定的场景情节相符，都是感人的。但感情一羼假，一做作，就不但不感人而且近乎骗人了。值得注意的是：失当或失度的浓淡问题也会"质变"为真伪问题，失去分寸的褒贬，出离常情的忧乐，读者是不愿接受的。火大了要焦，盐多了要苦，即使是真理，前进多一步也成为谬误。鲁迅在《中国小说史略》中就曾指出《三国演义》的败笔在于："欲显刘备之长厚而似伪，状诸葛之多智，而近妖"——你罗贯中越想渲染刘备是一个连阿斗也舍得掷的仁德者，反而显得他的虚伪；越想突出诸葛亮是一个连东风也可以借的智多星，反而使人觉得他是个妖怪。有些作者过多的"好心",而无视于历史和生活的容限,因此得不到读者的"好报"。《白毛女》一度被改编,喝卤水自杀的杨白劳变成抡扁担和地主"对着干"的杨白劳,论"革命性",够可观了,然而杨白劳已经不是杨白劳了。

  我的一位学生当年曾做过工会秘书,他不无脸红地忆及他十多年前"整理"材料的办法:写先进人物的先进材料时,尽量把"闪光的语言"往他身上贴;写问题人物的批判材料时,尽量把最脏的水往他身上泼,一切都无须查,因而大半都莫须有。他所遵循的这套不成文的"写作教程",曾熏陶出一批爱说绝话,开口就高八度的笔杆子,在这种笔的笔下,要就是完得不能再完的完人,要就是坏得不能再坏的坏人,把多元而又多采的人生弄得简单而又绝对。

  好在这种写作方法已随着这种思考方法的减少而减少了。

【原载 1990 年 3 月 20 日《武汉晚报》】

书生气和江湖气之间

一次，我们几条花甲汉子在闲侃中谈及对各自子孙的评估，都自豪中有遗憾，遗憾中有自豪。有人称许自己的孩子很精明，又担心他太精明而易于有角刺，有角刺则难免闯祸；有人称许自己的孩子很老实，又担心他太老实而沦于庸懦，而庸懦则难免被欺。可怜天下老汉心，真是既沾沾又忡忡！谈呀谈的，终于，一种"共识"才似乎取得了——我们希望我们的下一代是老实的精明人或者精明的老实人！

近年，我们汉上很有几位文化人走出寒斋，扩大了或者说开辟了自己的志趣天地，成为两栖型的学人兼文化事业家，或"经理"于书社，或"董事"于科技的咨询开发业，或"理事"于学会所办的企事业。有发迹的，有落荒的，有碌碌的，人们在煮酒论英雄的时候，惯于着眼其成败，对碌碌者的口头鉴定通常是："他呀，书生气十足，哪里是商场竞争的材料！"对落荒者的盖棺论定则不外于："这个人哪，江湖气十足，哪里还配搞文化事业！"而对成功者的评价，则无非赞他既保持淳厚的书生气，又兼有豪爽的江湖气！

书生气和江湖气在这里都无贬义，毋宁说都是褒词，近乎我辈老汉闲侃时所说的"老实"与"精明"的所指颇相同，起码相通，套用老汉们"共识"后说法，我们也可以希望我们"下海"的两栖型文化事业家也能兼容并蓄两种气质才好，即：用书生气去稳健江湖气，用江湖气去活跃书生气，用书生气和江湖气的调配与合璧去抵御、去冲淡、去改造自己或不免有的娇骄二气。

近年来，有人期待着大批学者型干部的出现，有人呼唤着大批开拓型干部的养成。这种期待和呼唤都是切中时需的。但近年的现实不断提醒我们：学者型的干部固然老实严谨得可爱，但与之相伴的书生气，每使他们在虑事行事中，有过多的顾盼，过多的迟疑；开拓型的干部固然锋锐精明得可敬，但与之相伴的江湖气，每使他们在奔波奔突中，难免有所任性，有所骄矜；在书生气与江湖气之间的把握上，失之于偏，失之于度，难于做个老实的精明人或精明的老实人，难于造就为鲁迅所渴求的那种"勇敢而明白的战士"。

科学的社会主义需要科学，需要学者，亦即需要大家都有点书生气质；改革开放的形势需要人们学点开拓精神，学点协作意识，亦即学点江湖气概。这书生气质和江湖气概一旦水乳交融于一心,就更是褒义的了,就变成了一种可贵的修养了。就能使人们两栖于老实而又精明之中,两栖于勇敢和明白之中,两栖于学者型干部与开拓型干部之中。

【原载 1990 年第 12 期《学习月刊》】

嗟"盲流"

连续两年的春节我都"吃在广州",对广州火车站那种盲流人群的汹涌大军,感触良深!

那真是够盛大够紊乱的人潮,把整个车站广场挤得水泄不通,使得我辈非"盲"非"流"的普通旅客简直难于进站。遥见一条见尾不见首八路纵队长龙在焦急地蠕进,问这是干什么去的,答曰:"上厕所!"黑压压的人群中,大都是北方或川黔的农村打扮,据说有七十二岁十二岁的公孙俩联袂而至的,有总计年龄三百岁的五位老大娘结伙南征的。他们一出站,就急切地逢人便问:"哪儿招工?"一面又失望地审视着脚下的柏油马路——并不如所传说所想象的那样:广州的马路都是金子铺成的!

而对着这一群南下"打工"的同胞,我既感佩又感伤,哀其不幸又怒其不明。他们固然有当年山东河北人"闯关东"以开拓新生活的豪情,却缺乏抗战初期下江人为逃避日寇铁蹄,向西奔突时心中抱持的评判。对于我们一向"安土重迁"

的古国之民说来，居然敢于闯到更广阔的天地去垦殖另一种生活，毋宁说是一种朝气的回归，不甘于滞而乐于"流"，甚至是一种可贵的开拓精神。然而，其弊在于"盲"，盲于信息，盲于思考，风闻那里的"世界"好"捞"，就傻乎乎地蒸好一包袱窝窝头，挈妇将雏上路了。何尝知道广州并无人沿街招工，连上厕所也得摆八路长龙呢！

　　"盲流"，作为一种历史现象，或者作为一种社会心理现象，并不是某些农民所特有。我们许多"知书明理"的人，在潜意识中或亦不免有"盲流"的直觉在蠢动，起码我自己就没有权利嘲笑那群在广州被劝回或仍在广州街头风餐露宿饱受盲流之苦的同胞。检点平生，我也曾在抉择专业、设计人生方面自我"盲流"过多次。因而自觉有义务对我的生徒或侄辈劝勉：在立志择业之际，多一点自知之明和知世之明，少一点随意性和盲目性，庶几不致于赶热闹随大流，乃至于没顶。我甚至对某些家长听说"走穴"出息大，就为儿女赶快买钢琴练，听说从商赚钱多，就要儿女辍学跑单帮的心态，也认为是一种盲流心态。与农民的盲流所不同者，有形无形而已，五十步与百步之差而已。

【原载 1991 年 4 月 2 日《长江日报》】

·陈泽群集·

吹牛也是一种公害

　　八十年代，两伊曾鏖战八年，其间大小战役数百次。每次战役后，双方的宣传部门都照例发布各自的"辉煌战果"，又都抱着"灭敌人志气，长自己威风"的豪情壮志，只说歼敌几"百"几"千"的"小菜一碟"已经太不过瘾了，为了显示辉煌，毙伤敌人数每以"万"为单位。你这个"伊"上次战报中说歼灭我五万三，老子这个"伊"下次战报中就说歼你九万七，看谁的风头更足！但这种纯数字宣传战的结果，有心人事后作过统计，八年战尘落地，双方战报中所列的歼敌数累计，都超过对方的全国人口总数。这种自慰式的自吹自擂嗜好，并非当年杀红了眼的两伊战报炮制者所特有，据说抗战时的中央社所发布的歼灭日寇数的捷报累计，也超过日本全国人口之和，抗战前的中央社电讯中所云的"剿灭"我红军的人数，竟超过全苏区总人口的十倍！

　　是所谓吹——吹牛的吹。

　　吹牛者之所以越吹越神，越吹越胆大，越吹

越灵感无边，因为他们遵循了一条古老的不成文法则："吹牛不纳税！"

然而吹牛者终究是要"纳税"的，这种"税"就是吹牛者的牛皮吹破以后，会受到舆论的制裁，造成吹牛者本人的道德赤字和声望亏欠。所以吹牛战报的炮制者或亦不免要为其牛皮定个限度：毙伤数可以胡吹，俘获数却不太敢乱来，因为号称俘敌若干万，日后交换战俘时是不能用"死魂灵"来充数的；号称掳得敌方大量枪械粮秣，是要以实物抵帐的；所以对这类数字每不敢造次，只好以"俘获甚多"、"缴获无算"之类的模糊语言带过。

所以吹牛者所怕的是检验和监督，包括舆论的监督和立法的监督。今天，虽然我们已经恢复了实事求是的思想路线，但我们的监督机制远未健全，以至弥天大牛不敢公然胡吹了，沽名钓利的信口小牛似乎仍有人层吹不穷，乐此不疲，我们也就屡闻不鲜。想捞个"经营有方"的美名，就把自己主管的厂吹成气象万千的N级企业；想多混几文救济款，不惜把灾情吹大，把自己领导的地区吹成重灾区。听说还有临时把一个牧民的帐篷换新，把县委食堂的烤全羊抬入新帐篷冒充是这家牧民的"家常便餐"，把文工团员调去冒充牧家"闺女"，以博取前来视察的首长一粲，这种"牛"已经不用语言"吹"而用动作"吹"了。这类瞎吹,报上每有揭发,几乎是一种公害了。大概也因为他们没尝过上"吹牛税"的苦头,只尝到沽名钓利的甜头吧。

【原载 1991 年 6 月 21 日《长江开发报》】

可虑的"返盲"现象

1955年的《全国优秀小说选》中，排在刘白羽、峻青作品之后的是一篇《狗又咬起来了》，其作者崔八娃，当年与高玉宝并称为部队创作新星，有"南高北崔"之誉；还同受毛泽东接见并合影。两位刚脱盲的战士能写出如此有震撼力的作品，新文学史中该为他们记上一笔的。但这份殊荣在崔八娃头上并没有萦绕多久，因为他曾被国民党拉壮丁当兵，在战场上被我军"解放过来"的，当然逃不过频频的政治运动，被当作异己分子开除军籍押送回乡监督劳动去了。直到前几年，《中国文学家辞典》编写小组认为该有当年的小崔此时的老崔或崔老的一个条目，好不容易才在陕西安康一个山村中找到了他，想不到这位踏破铁鞋才觅到的失踪文学家，已经是一位呆滞木讷老头，对自己有过的创作经历已恍如隔世，对自己当年手笔变成的铅字，已经念不出也认不得了。

出现在可感叹的崔八娃身上的可感叹现象，可谓之"返盲"现象。脱盲甚至成为作家后又重新回归为文盲，比本来就一直是文盲的人更可悲悯；正如老年丧子甚至丧折了很孝顺的儿子者，比从未生养过子女者更可悲悯一样。

　　崔八娃的返盲悲剧，有主客观的原因，但累于生计，碍于身份，懔于"知识越多越反动"的告诫，因而觉得挥镢头比弄笔头更省心，但求苟赚工分于盛世，不求闻达于纸笔的心态，更是悲剧的主观原因吧！因此，我对崔八娃无奈的沉埋，既哀其不幸，又憾其不振。记得八十年代初，武汉一家杂志的编辑部连连收到鄂西山区某村三四位作者的来稿，质量都不差，而作者又都各各自称为农村青年。这引起了编者们的注意，从作品中的生活气息和地域特色看，决非抄袭之作，但为什么在一个偏僻山村竟出现一个颇有水平的作者群落呢？大家在赞赏之余派一名编辑去实地访查。不久那位编辑回来了，他的出访报告是流着眼泪作的，听他讲的其他编辑们也陪着流泪听完的。原来十多年前，一位被"派"为"右"的"分子"被发配到那个山村去"脱胎换骨"，当地的青年发现这位褴褛的老者其"面"并不"青"，其"牙"也不"獠"，一经接触，就亲近上了，戒心衍化为同情心，同情心又升格为敬慕心，听他谈，向他学，找他借书读。

　　这位"分子"也倾其所知教他们，教他们读

书、做人、识世、作文，替他们批改讲评习作，直到他病重，倒下。如此勤谨，如此真挚，用自己的文化素养，去滋润那一片文化的瘠土；用无怨无悔无私的至诚，在青年的心田播下了文学的种子。我想，如果又有什么"名人辞典"的编写小组找到他的坟茔，肯定不至于像找到崔八娃那样有失落感的吧，那一群经他教诲的文学青年会围在坟旁，诉说他们充满敬仰与感激的追思之情……

"学如逆水行舟，不进则退"，这种退坡或退化的标志，对于文盲的脱盲与返盲来说，是明显可考的，那就是从认得字到又认不得字。学认字也被俗称为"学文化"，这里的"文化"是一个特指的狭义词。就广义的"文化"涵义来说，远不止于认字和四则运算，所以即使是能写会算的人仍有学文化的任务，也有做文化盲的可能；即使已有一定的文化素养了，如果不经常磨砺自己的志趣，不经常保持对生活真理的追求，不经常接续对新生事物的探索，也会在认识上和情操上出现"回生"或"返祖"现象，亦即文化上的返盲现象。文盲一旦返盲，贻误的通常是返盲者个人，文化盲的返盲，害的则不止于返盲者自己。而且文盲的返盲，斗大的字他也认不得两斗了，形迹昭彰，大家容易判别其盲。文化盲的返盲，他仍衣冠楚楚，谈吐侃侃，大家仍尊敬他识书知礼，就更难识破，更难防范，因而就更加可虑。相信测字算命者是一种文化盲，不再信了也就脱盲了，如果忽然又大信其"电子测字"、"电脑算命"，好像皈依新科学了，但其实是返盲了。个人迷信，曾是一种导致灾难的盲目与疯狂，经过十多年全党全民拨乱反正艰苦努力，在英雄与历史的关系问题上，在"从来就没有救世主"与"他是人民大救星"两句歌词的理解上，十亿神州都已脱盲，但近来又有人借助"像章热"在返盲，这就比崔八娃的返盲可虑多了。

我宁可和返盲后的崔八娃交个朋友，煮酒论坎坷，但不愿和返盲后的某些衣冠楚楚者在一道喝茶，我生怕听他们滔滔地宣讲电脑算命之类的"优越性"。

【原载 1991 年 7 月 26 日《杂文报》】

攀 垦 赋

"不想当将帅的士兵不是个好士兵",这是拿破仑的名言,之后又被多位名人所转引,于是这句名言就更"名"了。这当然是一句够豪够壮的豪言壮语,不过也只有像拿破仑之流做了将帅的人,才有资格说,才有胆量说。记得三十年代末,我还是初中一年级学生的时候,老师在作文课中出的题目是《我的志愿》,提示我们那群"初生之犊":要写出"不畏虎"的豪情壮志来,还举了上述那句拿破仑语录来启发我们。我当时自以为得了老师的真传,小小年纪就居然想入非非,一气呵出我的"志愿篇",说是想到非洲稍为富强的酋长国里当驸马爷兼教师爷。交卷以后,窃窃私喜,以为自己的"志"构思得颇够"豪壮",和拿破仑那句豪言"结合"得体,这篇作文在班上准能领风骚得高分。不料在次周发还作文本时,却得到一顿狠剋,老师在批语和讲评中都说:现在是日寇压境,国难当头,你小子不立志去踏平三岛,还我河山,却想跑到天涯海角去当驸马,小小年纪良心就坏了，小不正经，日后长大，准会老不正经。

　　我现在老而正经，大概很得力于当年老师那一顿狠剋，因为打那次作文走题、立志走调以后，凡心中立志，凡口中谈志，就从此正正经经了。连年作协在交岁时照例发来一份次年的创作计划表，空栏很大，是为名家准备大填其洋洋洒洒之宏图的，我虽不"临表涕泣"，却临表沉吟，拿破仑的豪言，作文老师的剋语，以及我多年的教训在我心间交锋的结果，使我明白还是正经一点、务实一点、知趣一点好。于是我每年都照例在这计划栏内正正经经地写上两句正正经经的话："胸无大志，我只有杂感而已。"

　　填表之余，或亦浮想：如果拿破仑的兵弁中有个张千李万他也天真地为了证明自己是"好士兵"，整天价把想当将帅的愿望挂在嘴边，一旦被拿破仑手下带管兵弁的张副官李副官听见，也会从中听出"不安分因素"来，也会剋之曰："你小子连兵也没当好，就做将帅梦，你目中把我们拿大首长往哪儿搁？先到禁闭室蹲几天，老子再问你的话！"

　　梦，不可不做，但不可大做；志，不可不立，但不可胡立；话，不可不说，但不可乱说。当驸马，当将帅之志，美则美矣，但如果缺乏自称斤两的自知之明，缺乏衡量现实的需要与可能的知世之明，缺乏一步一个脚印的沉毅之诚，终会落得为现实所剋，为世人所笑，为自己所悔。在武大郎开的店里做店伙，你就先把店务搞好，先别做增长身高为一米八的梦，做了也别说，免得老板不高兴先"炒"了你的"鱿鱼"。

好些青年鉴于我是一个无害的老头，爱上门来谈天，谈及他们想当这"家"那"家"的打算，其一股"先帅起来"或"先富起来"的坦诚，我一律敬佩。但又不免联想起自己当年有过要当驸马爷而被剋的羞惭，又曾见识过好些在独木的奈何桥下被挤落水的"无定河边骨"，于是转而劝他们志愿的取向求实些，态度务实些，措施切实些，庶几高而可攀，荒而可垦。这些话自问不是泼冷水，有我一脸的正经为证，有我满心的教训为证。

【原载 1991 年 12 月 20 日《杂文报》】

流言可畏

"谣言"与"流言",在词源上两者并无质的区别,指的都是误人惑世的谈柄,都不是好东西。如果说彼此也有差别,谣言一词侧重于表述其性质,——所传播的谈柄是虚假的。流言一词则侧重于表述其过程,——虚假的谈柄正在传播着。

此外,两者在程度上也有所不同,谣言每每严重些,恶毒些,必是有心炮制的;流言通常一般些,微末些,也有无心锻成的。

我甚至发现一种善意的流言。其发源也,是好心人的"想当然耳";其流布也,是粗心人的"姑妄信之"。这类流言的谈柄,每能投己所好,听来解渴,所以听到者乐于当二传手,迅加扩散,虽然以讹传讹,庸众们却能从谈柄中感到大"长自己志气",互相都得到藉慰,得到满足,得到苟安。

有两则谈柄流传极广,不但辗转于口舌,而且布播于墨渖:一则说,美国军界的最高学府西点军校已将雷锋肖像安装上了显著的位置,西点军校校方正在号召他们的学员在朝夕瞻仰雷锋的奕奕神采之余,也矢志向雷锋学习其"毫不利已专门利人"的精神云云。于是"雷锋出国了"的喜讯不胫而走,于是我们好些耍笔杆的耍嘴皮的都在告诫青年:"连洋人都在学雷锋,我们自己不学更待何时!"仿佛雷锋经此辈"出口转内销",身价就陡增了,我们积极学雷锋就更师出有名了,但经热心人万里迢迢地跑到西点军校去落实这份光荣,原来人家并无立像之举,不管是塑的挂的,都未曾有过,更不说发过什么"学习"的号召了。这该会使某些凭此流言的陶醉者悲出望外吧!还是我们这些不"闻风起舞"的人好——即使雷锋不出国,大家该学还是学他。另一则谈柄说,宇航员在月球上,唯一用肉眼能看到地球上的人为建筑,就是中国的万里长城。仅此一端,就足以证明我们古国的伟大,使洋人望尘莫及。这一流言,也频频见诸报刊,堪为某些人心目中的"爱国主义"平添了一页活教材。有好事者跑到人家的航天中心去查证,却被浇了一头凉水,人家说,连长江黄河这样膀大腰圆的巨带在月球上也难看见,纤细得多的长城更无从看见了,要想在三十八万公里的月球上看见长城,就像在接近三公里的距离外看清一根头发丝一样,是决不可能的。这查证的结果,该也很使我们只靠祖宗文化遗产沾光的人大伤其心吧。但我想，长城本身是不会伤心的，长城伟大不伟大，并不取决于你们看不看得见。

除了长自己志气的流言之外，也有用以专煞别人威风的。有人出国考察一圈回来，最大的心得是发现洋人爱养狗，因此弄得满街有狗屎。意思之间，是说狗屎比痰更可恶，你们这些洋人有什么资格笑我们随地吐痰！先管好你们的爱犬不要随地拉屎再说话不迟。这很使我们有吐痰癖者思想大为解放，既然你外国的乌鸦一般黑，老子唾它几口又何妨！但有求实的旅游者写的异国游记，说人家的街道并不如所传的那么多狗屎，使我们爱随地吐痰的人自豪不起来。即使自豪，把痰和狗屎比，把自己和狗比，这种自豪也未免太尴尬。

所以，流言，即使是善意的，也决不容于正常的文风、学风和世风。

1993 年

脑袋招领

漫画家廖冰兄老来曾愧悔交加，为的是他那支画笔在以往的历次运动中都派上了鸣锣吹角的用场。解放初期反俞平伯、反《武训传》、反胡风，都极尽"嬉笑怒骂皆成漫画"的作用，反右开始时，他义愤填膺地怒斥"右派败类"，他自己也"败"在一"类"的"右派"行列中以后，看在他能画的份上，被工商联"借"去画反右漫画的时候，更其义愤填膺地怒斥同自己一样"败"的"类"。文革时自己做了"牛鬼蛇神"，仍遵造反派之命大画打倒陶铸打倒刘少奇的漫画。从牛棚出来之后，当然以"上头"的是非为是非，炮制过反击右倾翻案风的作品……乃至于连他自己也慨叹："余生也晚也，如果赶上更早的潮流，我也会和陈独秀、王明把持的党中央保持一致呢！"

直到十一届三中全会以后，这位漫画家才省悟自己那股用之不竭的天真"积极性"，被滥用并误用了，但事后知错就认，认了就改的态度是真挚的。比之那种自诩一贯正确，要错就错在形势、不错在自己的"没事人"可爱得多了。懂得负疚才懂得更新，才有可能使人由"小写"走向"大写"，才有可能从"自在"走向"自为"。廖冰兄在完成了这痛苦的蜕变之后，说了一句颇精彩的话："我已经领回上缴了三十多年的脑袋哩！"

  脑袋的上缴当然比拍卖或虚掷好，起码可博得"组织观念强"的美誉。不过，毕竟也算是一种失落，一个人连脑袋也至于失落，不但失掉了"吃饭的家伙"，也失掉了自主的机制，没有了脑髓就得靠肝脏或盲肠去思考，确是为人之大哀！发生在任何人身上都不妙，发生在文人身上更不好。

  其实我们许多人都曾失去过整个或半边脑袋，有人意识到了，有人还没有意识到；有人已领回了，有人还没有想及去领回。而且，关于失与领的问题，又都不愿像廖冰兄一样明说。

  何况我们又有些人，特别是被目为尊长的人，有意无意之间在收缴自己生徒或子女的脑袋。总希望小辈们"像我像我更像我"，希望青出于蓝仅止于蓝。当做老子的粗暴地把孩子正看球赛的电视频道改为看股票知识讲座的时候，或独断地代庖填写孩子的升学志愿表的时候，也就是没收青年一代志趣的时候；当一位长者砍伐后生一篇文稿或强扭一种价值取向的时候，也就是收缴初生之犊艺术个性或创新见解的时候；实际上无异于在收缴他们的脑袋。收缴者和被收缴者在完成这一过程时，似乎是庄严的，但往往又是悖理的。以致许多岸然者的冷藏库中存有更多茫然者的无辜脑袋，有待招领。

肯招领，须有慷慨；敢认领，需要勇气。——廖冰兄的故事之所以发人深省就在此。巴金的《随想录》读之令人肃然起敬的原因也在此。

【原载1993年1月8日《武汉晚报》】

冷　爱

"冷战"一词，是丘吉尔发明的。姑不论发明者在发明时如何居心，而就词论词，造得的确不错，形象性和概括性都很强。此刻，我也想效颦，来一个有别于"热爱"而又作为"热爱"的补充或提升的一种爱——"冷爱"。

这是积多年感受悟出的一点心得。体认到人际之爱凡基于感情者，可谓热爱，初尝恋爱甜头的青年男女进入热恋时那种难解难分的胶漆之情，即属此类。等到他们结了婚，成了家，现实问题逼面而来，出门有生计之劳，进门有家务之忧，"亲爱的"已改口为"孩子他妈"，"哪种牌子的香水好"的款款商量，变成"哪个牌子的酱油更便宜"的斤斤计较，绯红色的梦境让位于寒素色的理智，热爱也就升华为冷爱。这种冷爱还经常存在于师徒之间、父子之间、官兵之间。在表面上冷爱似乎欠缺"花呀月呀"的甜言蜜语、"生呀死呀"的信誓旦旦，然而，它更实在，更持恒。发自虚火的热爱，每与疯狂为邻；基于实意的冷爱，惯与文静为伍。我提倡冷爱，我择取冷爱。

　　当然，世间的确还有发自热忱的热爱，理当受到尊重和珍惜。但发自矫情又经过装潢的疯热之爱，也曾污染过世风，折损过人生。满口"热爱"的人，往往就是满心机关的人；跑得最快去锦上添花的，往往就是落井下石最使劲的人，历代的奸佞曾提供过斑斑的例证。林彪在文革中曾掀起过"三忠于四无限"的疯热，四"无限"之一，就是"无限热爱"，结果"无限"是假的，"热爱"也是假的。如果有人把当年跳"忠字舞"的尊容录下相来，今日重放自赏，脸上能不有点发烫！孙中山批评国人有一种"五分钟热度"的毛病，鲁迅指出我们国民性中有一种"热得快也冷得快"的痼疾，这种虚热一旦与所谓"爱"相结合，乍看似乎很动人的，但每每又是最负心的。因为易流于表面的浮夸。我们这个民族历来被虚热折腾得够苦了，有爱赶热闹、追求"热气腾腾"的癖好。问题不在于热度的高低，而在于热源之正邪。倘能剔除其中酽烈的酒精，使之"淡如水"，使之"细水长流"，退热而存爱，即所谓冷爱。学会用理智去爱国爱家爱人，这种爱一定更真挚，更久远。

【原载 1993 年第 1 期《人生谈薮》】

皈　依

　　记得文革末期的时候，负责监管我的小将们，对他们的"造反"生涯开始有点迷茫，对当年所从事的活动有点倦意了；而且凭他们未泯的良知，逐步意识到我这个"右派"是个无害的动物，起码未曾发现我有青面獠牙。后来竟放心到可以悠然地坐在棋盘边"抓革命"，让我气喘喘地"促生产"，而且偶尔还知道"人是肉长的"的道理，从窗口探头出来发一声号令："累了就歇一下！"我于是就靠墙坐下，掏出一本书看起来。"右派"居然还看书，属于"死不悔改"的表现之一，一位小将气愤而又好奇地过来了，要我把手上的书给他检查，他一看，更恼了，原来是一本英文书，我连忙把封面和首页翻给他看，说是英文版的《毛选》，同样是红宝书！他不解的大惑终于似解非解了，比之文革初期那种不可理喻的疯蛮，毋宁说也是一种清醒。他们破例不用惯常的喝问口气问我："读宝书就读宝书，为何要读洋文的宝书呢？"我当然不便照说我想藉以复习一下英文，以免日久而忘光。我只能拣些他们爱听的话说："你们不是经常说中国已经成为世界革命的灯塔兼司令部了么，你们不是经常说要去解救世界上还有三分之二饥寒交迫的人民，使他们也像我们中国人一样幸福么，所以学点英文，将来用英文背诵老三篇，让洋人们开开眼界也是好的呀！"

这些话，如果现在说，人家会以为在说相声，但当时的"革命小将"听来却是很入耳的，也许觉得我这个"老右派"的"狗嘴"里居然也吐出他们受用的"象牙"来，觉得我的话"不无道理"，从此网开一面，许我在"工间休息"时读洋文版《毛选》，也得亏他们网开一面，我的右派问题"改正"后走上高校教坛，最先开教的不是现在的中文，而是英文。

大革文化命后所造成的文化饥馑，在文革后期已经憋醒了不少青年，连监管我的小将也变得不怎么嫉书如仇了，而且私下向我借书，开始向我请教一些历史地理方面的疑难，进而还想听听世界文学名著的梗概，不再对我呼来喝去。有的还对我不再直呼其名，暗中称我为"陈师傅"。

我当然并不因此飘飘然，仍然"夹紧尾巴做人"，当他们向我谈到他们也有小将式的空虚与苦闷时，我就以长老的身份进谏他们"莫等闲白了少年头"，安下神来找书读，哪怕学点修手表、修收音机的本事也比饱食终日无所用心好，我当时宣扬最多的一点见解是："怀才不遇"不算罪过，如果"遇而乏才"可真是罪过了。凡是听得进我当时劝告的人，十年浩劫过后都各有作为，现在见面，还补谢我当年的提醒，有的还变成忘年知交。——这是在特殊条件下的特殊境遇中所出现的一种特殊人际关系，奉令监督改造的"革命小将"和被监督改造的"牛鬼蛇神"之间的微妙关系。这种关系，由酷酊的政治始，以温馨的道德终，由倒置转入正常，由失落变为获得，由狂妄走向省悟。

这或者可称为"泰绮思效应"或"法非愚斯现象"吧，被鲁迅两度称赞"确是一本好书"的法朗士百年前的小说《泰绮思》中，高僧法非愚斯为拯救名妓泰绮思，引入修道院修行，改造其成为上帝的信女。而这位"上帝的使者"本人却被美色所惑，欲改造者反而被改造了。当年一些侧身去改造"臭老九"的"革命小将"之流，其法力并不如高僧法非愚斯高明，而当年的"牛鬼蛇神"们的"外在美"也远不及泰绮思，只凭其内在的道德力量，反而使小将们觉得是一块"闻起来臭吃起来香"的腐乳。可见知识不但是生产力，有时候还是一种征服力。

所以我当年和现在都在想，阿Q果真姓赵或

未必姓赵,都不是问题,他大可不必和赵太爷去攀本家以沾光,即使赵太爷恩准阿Q也姓天下第一姓的赵,但如果阿Q还是原样的阿Q——满头癞痢,满口"妈妈的",满心"和你困觉",那依然赚不来一个好运道的。当时的小将们终于明白强迫不了我跟他们也姓"小",当然牛棚中的我也无意要他们改姓"牛",也许是一种什么天启吧,他们和我都一道皈依了智识与道德,我们才有今天。

【原载1993年第2期《世纪行》】

立命何方

我们这古国之民，历来极少碰上"太平盛世"，史籍所记的是频仍的天灾，轮番的兵燹。所以，鲁迅说：以往的中国史，无非是两种时代在交替，一种是"欲做奴隶而不得的时代"，一种是"暂时做稳了奴隶的时代"。

鲁迅所指望的"第三种时代"，即人民当家作主的时代，1936年作古的他，自然无幸陪同我们在1949年进入。有幸的我辈，致力于做共和国的主人，凡四十多年了。做主人也不是很顺心的，也有过诸如三年"自然"灾害，十年"文革"浩劫之类的欲做主人而不得的时代。何况还不断碰到唐山地震、兴安岭大火和几乎年年不免的此旱彼涝。当主人的我辈，命运仍时时为不佞之灾所摆布。真正开怀畅笑的日子是不多的，每每正"漫卷诗书喜欲狂"，却又"剑外忽传失蓟北"了。

在苦涩与甘甜的复杂情结中，我们生活，我们跋涉，我们在渗渍着血汗与泪水的泥泞中前行，安身立命，立命安生。

于是我们无师自通了一套适应国情的处世策略和安命哲学：从比较中得到慰藉，从认命中得到苟安，认定小贫总比赤贫好，褴褛总比光腚好，赖活总比横死好，从大锅里分得半碗饭总比糠拌野菜好……

这种对既有之"好"的珍惜感，也就代替了对该有的"更好"的追求欲。当然，这种珍惜感本身也许该值得珍惜的，比阿Q靠麻木与自欺混世，最终安不了身立不了命强得多。阿Q只会以"先前阔"来求得"精神胜利"，而我们则会以别人曾有的不幸来比自己今天的小幸，使遗憾消弭于无形。十年浩劫之后，许多在牛棚中捡回一条命的人还额手互庆：我们总比刘少奇彭德怀这些死于非命的元勋们"命好"多了！报上常说，不少人在旅途上碰到车匪路霸的洗劫，而你我一次也没碰上，岂非"八字"好是什么！——我们许多人就会用这种"比较"法算出自己的"命大"兼"命好"，得到满足与安慰，并仗之保持温温吞吞的情怀，打发混混沌沌的日子。

然而，自我庆幸之余，就居然没有想一想，这些厄运压根就不应该发生在任何人头上，居然在我们同胞头上仍存在发生这种厄运的危险，就证明我们做主人还很不称职，何庆之有！

因此，这种靠"比较"得来的苟安，与阿Q

式的苟安，只是五十步与百步之差而已，并无质的区别，同样是一种文化的惰力。

这种惰力，有时是历史的安定剂，大家都安生立命，与世无争，正是历代帝王所立下的良民标准。这类安命的良民一多，社会就会因而沉静，然而历史也会因而沉滞。但我们今天所期待的是"思想再解放一点，胆子再大一点，步子再快一点"的"三点"式国民，才是有活力，有理想，有见地，敢于站在改革潮头奔小康乃至奔"大康"的国民，他们也会"比较"，不过是另一种比较法：与更好更幸的比，与更美更高的境界比。

【原载 1993 年 4 月 13 日《杂文报》】

硬笔书法

好些英雄有满襟的老泪，他们在悲剧和喜剧两个历史舞台之间踯躅，在"知我罪我"的褒贬中浮沉。

素洁，方显得英雄本色。然而有人却偏爱把他们镀上一层金光，装潢许多迷彩，以至英雄在人们的心目中成为不沾人间烟火的怪物，——此物只宜天上有，人间哪得几回闻！记得在一篇随同首长去南疆海岛慰问戍边战士的通讯中，记者"记录"了一段十分精彩的对话：

"同志们辛苦了？"——"不辛苦！"

"这里气温四十度，热不热？"——"不热！"

"想不想妈妈？"——"不想！"

"想不想讨老婆？"——"不想！"

如此不知冷热，不知有母的英雄，除了在善于"塑造"英雄的如椽笔下，哪里去找！

怪不得在这类"英雄事迹"的潜移默化下，文革中一位下放青年触类旁通地"发明"了一种特殊的立功方式：故意半夜中起床为田里送粪，故意在田坎中跌倒，故意地放声呼救，说是有地富分子破坏他的"革命送粪行动"，并躺在泥水中作受伤状，一同下放的青年闻声赶去，把他扶起，而这位候补英雄发出了一句十分合乎英雄规格的豪言壮语："别管我，大粪要紧！"

一直到今天，这类活页的英雄教材仍散见于一些刊物：

某技术人员由于铁心姓"社"，宁可苦守濒临倒闭的亏损企业的寒窑，甘吃大锅饭如饴，坚决谢绝了一家外资企业的高薪招聘，以免有姓"资"之嫌！

某专家领到高额的科技成果奖，慨而慷地把奖金捐出均分给同事中的向隅者，于是皆小欢喜，一致欢呼这种"大公无私"精神。你写了某姑娘嫁给了作战中双目失明的英雄，我岂能让你独领风骚！老子马上炮制出一系列比你更"高级"的女英雄谱，有嫁给麻疯病的，有嫁给晚期癌症患者的，——看谁的笔下更生花！

英雄似乎被生花妙笔提拔了，然而却又同时被扼杀了，不，被虐杀了。比宋高宗赵构用十二道金牌召回岳飞更残虐。不过是赵构用的是金牌，某些人笔下用的是金光。金光把一个活生生的人变成一具木乃伊人。

因此，我特别感谢某些诚实而又传神之笔所描绘的本色英雄。藉以知道巨人不管如何"巨",也像我一样爱吃红烧肉的;延安撤退时,不管伟大与平凡的肠胃,也受不了餐餐吃黑豆,首长和警卫员都是边走边放响屁的。斯诺的《西行漫记》中有一个细节,更写出了"路隘林深苔滑"年代的领袖,由于不搞特殊化,所以身上也有虱子,一边和斯诺谈话一边扪虱子。时人有一则记述陈老总的文字更令我叫绝,说是有一次周总理请陈毅吃饭,张茜作陪。陈毅酒逢知己千杯少,一杯接一杯地干,张茜不便明着劝阻,乃暗踩丈夫的脚劝他不要贪杯失态,不料嗜酒的陈毅偏不买账,大声地叫开了:"你踩啥子嘛,又不是我要喝,是总理要我喝的嘛!"于是又一连赚到总理敬来的几杯。你看,这就是陈毅的本色,本色的陈毅!陈毅的"调皮",却也写出了陈毅的豪爽,写出了另一种可信的伟大,平凡而又真实的伟大。

　　这似乎是一种常识了:英雄固然靠劳绩、靠战绩成名,靠无私无畏出众,但也喝水,也抠痒,也放屁,也撒尿,也调皮,也想妈妈,也想老婆的。因为英雄也是人。抹煞了主要面固然不成其为英雄;埋没了次要面,则会成为缺血少肉的英雄。我们不是提倡"两条腿走路"么,其实生理学和物理学都告诉我们:两眼兼看,景物才有立体感;两耳兼听,有助于测定声源的方位。而治史、作文、述世、记人之笔,倘也能避免只顾一面不及其余的"硬笔书法",该可少误人子弟的吧。

【原载 1993 年 4 月 18 日《当代杂文》】

太息三章

　　武汉今年特别热。四十度的高温，对我这个只有电扇未装空调之家，未免太"热情"了一点。我这六十八岁的病弱之身，惹不起还躲得起，于是下定决心，罄我所积，挈妇出逃，雅称"避暑"也好，"旅游"也好，到亲朋和女儿那里混几口清凉饭吃，兼向世人证明我辈教师寒暑有假，离退有养，的确是"令人赞美的职业"。
　　两个月的游程是愉快的，但也先后留下三声叹息于长沙、桂林及成都，天气解凉后记之备忘——在长沙时与一位友人经过一建筑物的门前，友人指告我道："这就是前些时被新闻界竞相报道过的那所超标准公房，教委的头头们用公款为自己建造的豪华宿舍，引起公愤，乃被省委立案查处，被没收了。"
　　呵，我记起来了，半年前《报刊文摘》转发过一则报道，说是那里的教委头头不顾广大教师仍然缺房的现实，自己"先天下之乐而乐"地营造了华居。我很为长沙的同行曾碰到如此的教委领导而悲哀，又为他们能碰上如此主持正义的省委领导而庆幸。眼前矗立着的这栋华居"标准"的确"高"得可观，葡萄并不酸嘛！

我随口发出一句感慨："你们这里教委的原领导这样做，太不像话了！"

老友随即补上一句感慨："是不像话。教委的住房竟然比工商局、税务局的还造得高级！"

老友与我从不同的角度发出"不像话"的感慨，在我心里碰撞，变成了我一句无声喟叹。

两位姨妹离桂林返粤，我去送站。她们买的是软卧。

登车时，许多人被挡驾了，原来是凭车票之外，还得查身份，列车员严拒那些不是"正处级以上"的人上车，有票也白搭。

我想，这规定旨在防止暴发的商贩大款们"能使鬼推磨"地把软卧都霸占了，想乘软卧的工薪阶层反而向隅，这规定也许是有理有利的，正在心里表示拥护，这两位姨妹让列车员验明正身了，二妹论等级抗美援朝时是志愿军中的副排级，转业后出港前是连副科级也不算的一般小科员而已，但现在已是持回乡证回桂探亲的"港胞"，于是顺利地上了车。三妹是广州一所中专的高级讲师，列车员一查就拦住了，说是她只算副教授，只抵个副处级，距"正处级以上"还差一截，不让搭软卧。我们近乎哀求，要列车员不要拆散她们同胞姐妹，恩准一道走，就是不依。我于是向列车员请教：如果是特级教师，如果是劳动模范，按官本位折算，该套个什么级别呢？而列车员根本不屑俯答我。最后临开车时，三妹急得快哭了，才让上了硬卧"补办手续"。列车开行之后，我在站台上重重地叹了一口气，这口气是为中专老师们叹的：你们中专老师升到顶也只是相当于副处级的副教授而已，今生除非请道士"做解"，大概交不上坐软卧的好运了！

到成都，就去游号称"天下幽"的青城山，一到山脚，许多"抬滑竿"的亦即轿夫围上来要我花六十元坐轿上山，事关我羞涩阮囊的"预算"，岂敢造次！但口里说的理由很堂皇："我没有跛没病，能走，要你们抬我，很不道义的。"不料轿夫们的理由更堂皇而且还会用新名词："瞧您老说的，市场经济嘛，第三产业嘛，您出钱，我出力，等价交换，互相服务嘛，道义得很哩！"我于是改换理由："我是穷教师，坐不起的。"不料他们哈哈大笑了："老师您谦虚个啥子呀，谁不知道你们教书先生提了工资！"而且越围越拢，有抢着"抬举"之虞，我只好抛出近乎杂文的口锋："不瞒哥子们说，我是趁暑假来青城山打工捞点外块的，诸位如果招收抬轿的下手，把我算一个吧！

我能抬,不信你们坐上,我和我老婆抬给你们看看,只收半价三十元!"他们一听,以为我是从精神病院假释的病号,脑子里什么"弦"还没有修理好,就一齐"从此翻脸不理我——不知何故兮由他去吧"。

我面对幽幽青城,悠悠蓝天,又叹了第三口气。

【原载 1995 年 11 月 1 日《杂文报》】

增光·争光·借光

人有人格，国有国格，这是"人之所以异于禽兽者"的那点"几希"。

讲究人格的国民，才懂得护其国格；珍惜国格的国民，才可能保其人格。

我们是讲面子爱面子的民族，每每都把国格视作国家的面子问题。这当然也有几分道理，但国格和人格又不等同于大我和小我的面子，正如鲁迅认为民族的兴衰取决于"民力"而不取决于"民气"一样。我觉得国家的枯荣和靠"子民"的"增光"而不靠"争光"。

我们一向就有两种爱国者的爱国法，一种竭其不吝之"力"为国"增"光，一种是鼓其不平之"气"为国"争"光。

靠一股气去争光的爱国者，在近代史上曾经留下许多既激昂又走调的歌哭，清末的许多"位高不惮忘忧国"的官宦们就灵感横生溅沫如珠："什么火车汽车！我们早在三国时代就有木牛流马了，比他们灵巧得多！""你们说咱留辫子缠小脚不好看，我说你们不留不缠才难看哩，你们不配欣赏中国特色的美妙！"——当然，这些辩词是用骈四俪六的诗般雅句说的，决不像我意译为白话后那么俚拙。

　　类似的爱国辩词，在辛亥革命、"五四"以后甚至解放以后，仍层出如缕，更妙不胜收，奇不胜录，而且都是旨在"争光"的——我们的烹调，加上我们的好客，再加上我们的酒量和猜拳所构成的"餐饮文化"，世界第一！东西两洋的鬼子都难望我们的项背。我们西湖的轿夫抬着洋大亨游湖，脚步又快又稳，而且嘴巴一直含笑，这在世界其他景点是找不到的，确是中华一绝！（而鲁迅说，什么时候西湖的轿夫不再"含笑"，中国就有希望了。这些年，西湖再找不到轿夫，含笑不含笑的都找不到了，这也算是中国有希望了的一证吧。不过，却也因此使争光派少了一项吹嘘的谈资。）

　　六七十年代之交，我们经常被告诫要珍惜每月可凭票买到半斤肉二两油的幸福生活，更要珍惜我们已成为"世界人民的革命灯塔"的荣华，我们这些"自我争光"了的同胞"光上加光"的一大任务是解救世界上还处在水深火热中的四分之三异胞。"文革"期间有件事涉国格亦即为国争光的事闹得沸沸扬扬：在大连，一希腊水手在码头附近的银行兑换人民币时，把几张又破又脏的分币丢在柜沿而离开，被我们一位爱国志士看到，马上喝斥这个洋水手回头捡起拿走"因为分币上有我们的国徽，弃置就是有损我们的国格"云云。水手乖乖地遵从了他的喝斥。这位喝斥者马上被认为是替民族出了气替国家立了功的"活学活用积极分子"，到处去向"红卫兵战友"们"讲用"，当时姚文痞所控制的报纸曾下大力报道过这件为国争光的大勋业。当然这些报纸平常也不会忘记争光的职责，例如儿童节的时候发两张对比照片，一张是白白胖胖笑容可掬的中国儿童嬉笑在灿烂的阳光下，一张是缺衣少食的西方儿童号哭在凄风苦雨中。劳动节的时候，同样有两张，一张是中国工人全家在包饺子，一张是美国工人在垃圾桶中觅食。这一来，我们的国格就在我们的心目中提高了，这种简捷的争光法，当然不是从汉时贵川山区中的夜郎国的酋长那里学来，也不是从拿破仑的部卒沙文先生那里借鉴来，而是那些热心于用"民气"为国"争光"，不愿意用"民力"为国"增光"的灵巧人无师自通的。

在闭关锁国的年代，这种办法当然很使我们陶醉过，而改革开放以后，大家放眼窗外，才知道风景并非这边独好，但同时也就发现"外国也有臭虫"，于是我们一下子又旁通了一种为国"借光"的新窍门,亦即借"外国月亮"也有阴晴圆缺的现象,来衬证中国的许多现象也"此事古难全":我们有贪污,外国也有贪污;中国有腐败,外国何尝没有腐败!我们放卫星的火箭坠落过,洋人发射卫星失误的事还少什么!彼此彼此,我们理得了心也就安了,可以悠然打盹儿了。

不过这样一来,不但会失去国格原来应有的光辉,连人格也会黯然无光的吧。

【原载1997年6月17日《杂文报》】

性丑闻·性美谈

美国总统克林顿上台以来，连续出现性丑闻的风波，被西方传媒炒得沸沸扬扬，正受着司法审查。如其丑行特别是掩盖丑行的丑行被确认，进而受到国会的弹劾，连总统的乌纱也会成问题，别看作为首富首强国至尊的他，作出一副肚子能撑船的豁达，想必其内心的热锅也爬着蚂蚁吧。为美国人的面子计，我也乐于见到，最终经过侦讯后证明他们的总统是正经的。——这点厚道我还有。

中国人有把不怎么好听的词语雅化的本事，例如把性病称为"花柳病"，把性苟合的传闻称为"绯闻"或"桃色新闻"，成为百谈不厌的津津谈资，把被谈者的名声先用来扫地再说。鲁迅很懂得这古国之民的文化心理特色："人一旦落入辩诬的地步，即使辩赢，也已经输了"，所以我们历史上向来就有以投井上吊以自湔名节的悲剧。性丑闻在道德天平上的砝码量是很重很重的。鲁迅的父亲治病的药引也被医生限定"原配"的蟋蟀一对，即使是蟋蟀，如果不顾名节续弦或再醮，则连做药的资格也失掉了。所以阿Q对吴妈下跪要求"困觉"未遂的性丑闻次日在未庄传开，全庄男女都像避瘟似的嫌他，连打短工的资格也没有了，足见"性丑闻"，有时是可以"铄金"或"销骨"的。

但"丑闻"之所以丑，是因为发生在一般平头百姓身上的缘故，一旦发生在高贵者的身上，就不但不是丑闻而是美谈了。人家宋徽宗赵佶微服私嫖了李师师，不就是一桩"深入基层"的风流韵事成为史书美谈么？人家清乾隆弘历下江南，到处对那些小家碧玉进行"性骚扰"，但人们不叫"骚扰"，而叫"幸"——也就是说，这是令其他无缘一亲皇上恩泽的仕女们嫉羡的大幸，臣民们何敢上告或弹劾乾隆下江南玩得欠正经呢！

所以克林顿当前的困扰，原因有三：一曰他生错了朝代，二曰他生错了国度，三曰他当错了至尊。他如果是美国的一介平民，他爱到脱衣舞厅去过把瘾，或者找个情妇来点婚外恋，在性开放的美国佬眼中，准懒得管这类"个人私事"。在美国，连老师在班上公布全班考分，不及格的学生都可以抗议老师侵害他成绩差的"隐私权"，那么，偷情苟且之类更是不受过问的"隐私"了。但是美国佬对他们的总统却管的特别严，宛若一首诗说的："一万支暗箭埋伏在你的周边；伺候你一千次小心里一次不检点"！胆敢在白宫里对女幕僚动手动脚什么的，一经发现，准会酿成吃不了的官司和兜着走的丑闻。在这方面东西方的文化观念是迥异的：中国的"性美谈"只谈乾隆下江南而不谈阿Q跪吴妈；美国的性丑闻多谈高官大吏们偷情而不谈阿狗阿猫们嫖娼。所以说，克林顿如果要风流潇洒，则应该视当总统为畏途，当年就不该下死力去竞选这受拘束的岗位，以免树大招风。他如果生活在中世纪或者什么酋长国，靠枪杆子得位保位，他像唐玄宗一样"扒"杨玉环的"灰"或者弄一群小姐让她们以生活秘书保健护士的名义荐枕席，甚至给她个副部级待遇，你管得着！

【原载1998年5月24日《杂文报》】

植物人·动物人

世间只有"植物人"之说,"动物人"一词是我对应联想的。

病入膏肓者一旦进入无言无动、不知不觉、饭来不会张口衣来不会伸手的状态,即"植物人"的境界,就得靠特殊的护理手段苟延其尚存的一息。花如此大的人力物力去维系这无望的生命,纯然出于人间的道义,这也正是各国关于"安乐死"的立法迟迟不忍付议的原因。

死,是一种悲哀;不死不活,是更大的悲哀。不死不活的人有两种,一种是木然瘫卧的"植物人",还有一种是行尸走肉般的"动物人"。而"动物人"给社会造成的悲哀与损坏,尤甚于"植物人"。

战争的理论随时代而演化,古典的致胜观认为,除了攻城略地以外,以大大折损对方的有生力量为战胜的标志,认为杀死对方人员越多越好,后来带兵征战的粗人脑筋变细了,学会了精打细算,算出造成敌方大批的伤残比造成大量"无定河边骨"更有利于挫敌。例如击毙敌方一万人，则敌方打扫了战场，掩埋了尸骨之后，存者揩干血迹，又以更大的敌忾投入战斗了。但如果不是为对方制造了一万具尸首，而是制造了一万个重度伤残者，则就迫使对方派出逾万的担架员医护人员去料理受伤者，又如果这些伤号愈后落下残疾甚至成为植物人，则不但使对方消失了一万名生产者，还为对方增加了一万名纯消费者亦即寄生者，加上逾万名伺候者，这对敌方的国力该是三倍以上的折损！本此算式，有些战争狂人就委托科学家研制一种只伤不死，凡伤必重的恶毒武器。冷兵器时代头脑简单的武夫，以多斩获敌人首级为征战目标；而有相才的将才，就懂得给对方多多制造废人般的植物人，则能操更有效的胜券。

这种"理论"，被日本穿军服和不穿军服的武士道们半个多世纪以来的扩张实践演化得淋漓尽致。他们起初在南京一杀几十万，把南京屠成一座空城之后，连埋尸首洗血腥的劳力也难找，于是变得更聪明更卑劣了，改为刀下留人，男的留下做"劳工"，女的留下做"慰安妇"。要起用他们，所以要他们不太死；要他们驯顺，所以又要他们不太活，这种不死不活的"植物人"与医学所定义的"植物人"，实质是略同的，都是被制造的废人。当时的日本侵略者的高明之处在于，他们不但懂得制造躯体的残废者为被侵略者添烦添乱，更懂得制造心志上亦即吓破了胆的残废者为自己服役并兼"慰安"。

但靠先吓破人家的胆再奴役人，毕竟太露骨太麻烦。证诸现实，人家"武士道"的传人们再不沿用把征服者变成"植物人"的老办法了，改用培训更多的"动物人"的办法，——用金钱，用甜头，收买活蹦乱跳的效劳者，以及"含笑服务"能三陪四陪的"慰安"者。

【原载1998年6月18日《文化报》】

夜壶的高度

　　曾经有人把古中国历来士子们与当道者之间的关系比作毛与皮的关系，这是就读书人的依附性寄生性而言的。至于其命运遭际的荣枯，则难于靠毛皮之喻而笼统评断。因为他们既有被"三顾"的殊荣，也有被"溺冠"的奇辱；有被"封相"的大幸，也有被"宫刑"的大悲；他们被利用价值的涨落，完全取决于掌印弄枪者的好恶，用时觉得不可或缺，用毕就弃之忘之甚至烹之。就这个意义上说，士子与主子的关系，更像夜壶和"撒家"亦即撒溺者的关系，其地位的升沉幅度，也像爷们儿所要求的高不超脐低不过膝的高度，超高或过低都有碍"撒家"的潇而"撒"之，当老爷的人是不耐烦去高攀或俯就的。——以上所云，仅按男性中心的社会学立论，而当国者也有过武则天和慈禧，夜壶对于她们就不适用，"夜壶高度"就该换成"马桶高度"了。两种高度，其揆一也，就省得另作赘论了。

　　这种高度是历来的养士者和被养者所无须约定

就俗成的，既已心照就无论宣与不宣。古之孟尝、信陵、春申诸君，把所养之士置于家奴之上高朋之下，就合乎这种高度。既养之则礼之饱之暖之，倘有不知足的冯谖，还要弹铗发牢骚，吵着要吃鱼要坐车，主人心虽不悦，但为了博取礼贤下士的美名，还是勉为其难地迁就了，叫手下人给弹铗者的份饭中加一小块鱼排，并吩咐去菜场的采购车有空位就带他一脚。但不知足者的弹铗声又起，吵着想老婆了，要求把乡下婆娘的户口"农转非"转到老爷的门下，这无异于把夜壶的地位举得太高，臊味会把孟尝君呛得发恼的——太史公在《史记》中只委婉地记一笔"孟尝君不悦"。

  对吾国吾民的世故痼疾深有研究的鲁迅，就对"撒家"与"夜壶"之间互相将就的作用与高度也颇有体察。例如，他揭出一种圆滑的中庸：与权贵谈，不可太懂，也不可太不懂，太懂令人讨厌，太不懂让人看轻，最好作"略有不懂"状。又例如，他揭出为人下级者对上级的作为不可不谏，也不可太谏，为表示既忠顺又诤恳计，最好对主子提些诸如此类的意见："您看别的老爷裤子多么毕挺，您老人家的裤子有点皱了，该让我们熨一熨了！"您看夜壶们向"撒家"提供的"高度"多么得体！孟尝君们何至于"不悦"呢！

  近代已不兴昭彰地养士了，但带有浓厚人身依附关系特色的幕僚师爷之设，就颇保有古之养士遗风，此辈在既帮忙更帮闲的过程中，就自觉不自觉地扮演着夜壶的角色，为爷辈分劳分忧分润。

当代有一种职业，简称"家教"的，即往年那种地位比账房管家略低，比保姆车夫略高，雇来设私塾课子的"西席"先生，便是往昔那种主人与士人关系的新型体现。他们的"高度"远非一般上门钟点工所能企及。他们的来去，主人一般会起身迎送，偶尔留下与主人共进晚餐时，也是"请来"而决非"嗟来"，送束修时也是捧过去而决不敢掷过去，这"高度"颇能显示"尊师重道"的高谊与大义。听说最近更兴起一种特级的家教，其高度更令人叹为观止，那就是某长们用公帑缴纳了某院校诸如经管专业政教专业的硕士博士函授班的巨额学费之后，又花费更巨额的招待费，迢迢地把硕导博导请来，恩师们走下波音七啥七，就住入某长的官邸或官邸附近的四星级五星级宾馆，日理万机的学生"在亲切友好的气氛中接见"了老师之后，双方就连续开两种小灶——珍馐满桌的"形而下"小灶，代为捉刀的学位论文"形而上"小灶。半个多月以后，恩师回校去代交论文，恩生送客前代为报销尊师费，师生皆大欢喜，中国于是又多了一位或"博"或"硕"的"士"。这一过程中，"撒家"简直是爬到桌子上潇而

"撒"之使用那高高地提升了的夜壶(可惜依然在长字辈人物的膝上脐下不会"举壶齐眉"的)。好在这种别扭的反常高度不会维持太久,领了文凭回官邸的新"士"和领了束修回书斋的老"士"又各各恢复他们的岸然与俨然了。

【原载1999年第9期《杂文界》】

堡垒最易从顶部腐塌

"苏东波"——亦即苏联及东欧社会主义政权倾覆引起的震波，使全世界人民都在思索"其兴也勃其亡也忽"的原因，并品嚼其"钢铁是怎样炼丢的"教训。普遍认为他们之所以塌台，是实行了破坏真正社会主义名声的假"社会主义"，——他们始终在号称他们的社会大蛋糕姓"公"，但那把分切蛋糕的餐刀却又始终随那些年年为自己颁授勋令的特权人物姓"特"。

这种看法大概是从经济体制着眼的。但钢铁之所以炼丢，更有斯大林、波尔布特、齐奥塞斯库等人的心理因素和道德因素在。斯公就发明了一个很有名的口号："堡垒最容易从内部夺取！"并据此进行了无休无止的内部血腥镇压，在其屠刀下溅血的，除了可数的攻打堡垒的异己者以外，更多的是无数被疑心从内部叛卖堡垒的"同己"战友，乃使国力大伤，国人大恸。而杀戮者的阶级斗争之弦越绷越紧，其杀人的眼也就越杀越红越杀越不眨。因为这些"敌人"是从"内部"发现的，所以侦察、审讯、处死的一切工艺流程也就采取内事内办的暗箱操作，亦即特务行径。列宁死后留下的七人政治局中六人全被斯大林打成"外国间谍"，并把其中五人杀戮，一人逼死，就剩下他一个"寡人"主持"革命"。其后有两次党大会代表及两届中央委员也先后被明明暗暗地虐杀过半。1930至1941年，二十六名部长只剩六人未杀。三十年代五名元帅杀其三人，十六名集团军司令杀其十五人，四名舰队司令全部杀光，十五名二级分舰队指挥官杀其九，二十九名军政委杀其二十五，十七名一、二级集团军政委杀得一个不留。由于诛功臣杀战友太多，以致斯大林晚年，这种冷残的独夫心理，已达到深入膏育的病态地步，新选出的政治局委员在主席台上亮相时，谁获得的掌声超过他所规定的半分钟（他自己可以获得经久不息的起立鼓掌夹以"万岁""乌拉"声有时可以长达二十分钟）也是招来杀身之祸的一大暗罪。他年老多病之后，为了"安全"，拒绝医生的治疗，乃至拒绝一切医生进入他的视野。名医维诸格拉多夫教授出于好意，笺告斯大林作息应有度，杜绝无谓活动，斯大林闻知后，以为医生要架空他，夺他的权，乃狂怒地大叫："给他（医生）带上手铐！带上手铐！"他最后倒在地板上几个小时，手下人怕"惊动"领袖"休息"，都有意不去扶他，也不叫医生，让这个灾星寂寞地死去。——他几十年的勋业，就是剪除了一切被他疑心从"内部"来"夺取"堡垒视为异己的同己分子，自以为保卫了堡垒，也以为堡垒会保护他，岂知堡垒不是被谁从内部夺取的，而是从顶部腐塌的。——堡垒的顶部受不了独夫的毒气，无辜者血泪的冤气，广大人民的怨气化合而成的腐蚀剂，比硝镪水还厉害，把它腐塌了。

腐化，不单表现在得势后三宫六院连浴盆的水龙头也是金的。更表现在掌权后独断专行的弄权，满胸勋章，满口为国，满心为己，不但一阔脸就变，而且一腐人就败，斯大林的起落就证明了这一点——腐化与变质两词通常是连用的。

顶部的腐化意味着梁檩的败朽，是难于救药的。三十年前的一场"文革"，其实也是一种带疯症的腐化变质，好在刚发展到"经济崩溃的边缘"就被有识之士制止了，不曾落得"苏东"而成"波"。震波后人们又长了一宗新见识：自然的灾害例如台风地震，所留下的每每是一片废墟，而社会的灾害所留下的除了一片废墟之外，还留下一群不许别人清理废墟的人。好在这种人已经越来越难以如愿了。

【原载2000年第8期《杂文月刊》】

做　　戏

　　我们这古国之民的精神痼疾中有一种表演癖或曰做戏癖的祖传老病，把做人与做戏弄混了。固有"人生若梦"、"人生如棋"之说，其实更多人是视人生如戏的。所以中国的旧戏坛中每悬出"戏场小天地，天地大戏场"的对联。鲁迅就发现他的同代人中不乏"做戏的虚无党"，彼辈立足于虚妄的做作，无非是随意戴上或一的面具，按照莫须的唱本，表演乌有的自我。例如《高老夫子》中的高干亭，忽然作皈依新潮状，与高尔基攀亲改名"高尔础"，一夜之间"咸与维新"了。《肥皂》中的四铭，看到扶着祖母行乞的少女，心里蓄的意是买块肥皂"咯支咯支"地把她洗白以供三陪，而口头扬的言却是要写一篇琅琅的《孝女行》以表彰她忠孝之节。做戏，已成为一种传统，一种风习，使举国尽在"一壶乎两壶乎"的做作中自欺并欲欺人。难见真正的人，本色的人。

　　有人忆释当年的红卫兵打人就是明显的表演性质；一个红卫兵打他老师的时候，他只擂三五拳，以报复其催交作业之怨便足以出气了。当两个红卫兵在围殴他们老师的时候,他们会各打十拳,其中各有五拳是表演给"战友"看的。如果有成群的红卫兵在大庭广众中斗争他们的老师,各人出拳就多多益勇了,因为各自都趁机来表演其"革命义愤"和"斗争豪情"。如果一位"可以教育好的子女"带引一群"红卫兵战友"去抄自己的家,把他娘老子揪出来又踢又打,往往骂得最响、下手最毒的就是那位要与家庭"划清界限"的作伥小将,在表演"大义灭亲"的把戏。

明乎此,就可以明白"文革"闹剧的一半。

这种表演其实也不仅自"文革"始,1959年的庐山上,就有一群平日很精明的精英,"一致"地对彭德怀做围吐唾沫的游戏,为的表演给一位更精明的人看。当时一位表演者所表演的台词就十分铿锵:"你小时名字叫彭得华,足见你狼子野心!中华是你该得的吗?"可见未轮到自己演悲角之前,戏的角色还是做得很投入的。

何况这种表演后来普及为全民大义演了,我们一度被导演成满身褴褛状,人人奉命挤出半眶"忆苦思甜"的泪水,以表演"越穷越光荣"的至理;忽而又要我们扮成"一日三餐九碗饭,一觉睡到日西斜"的"黑铁塔"状,遥与波尔布特"试验田"上提前进入共产主义之民、与霍查"明灯"照耀下健翩如山鹰之民、与齐奥塞斯库"堡垒"中的纳福之民，一道傲视世界上还有三分之二仍在饥寒交迫中有待我们去解救的芸芸异胞。

晚年善于以杂文入诗的绀弩大师，曾把当年国人对另外有待解放的三分之二世人的"傲视"以及与"傲视"并生的"做戏"文化，有诗为讥："放诸四海诚皆窘，直下五洋焉得归！"招窘的做戏癖也招来报应，有些洋效尤者也投我们所好做戏给我们看了，"文革"前后来参加我们广交会的一些外商，故意欲藏还露地挂上"像章"，又故意欲露还藏地把《语录》摆在行李袋半开半合的拉链里，使我们的接待人员若有大发现又宛有大感动，向领导汇报某来宾是"拥护"兼"崇拜"我们这灯塔之邦的大好佬。于是谈判贸易时，就大方地把"形而下"的经济好处给了人，因为我们已在"形而上"的政治账上大有收获了——人家不是皈依像章和语录了么！我们有把阿Q的"精神胜利法"在涉外场合中加以放大的本能和本领，何窘之有！

而人的本性是推崇真诚反对虚伪的，畸形的做戏文化一当被识破就难免被唾弃。前些年，一位曾经在大别山打过游击的老新四军战士在厅长岗位上离休了，乃想到大别山深处有一位睽违了数十年的救命恩人。当年厅长还是十几岁的战士时，一次战斗中受伤了，一位也是十几岁的农民背他到僻处隐藏起来，用草药敷其伤，打了山鸟煨成汤一口一口地喂他以作滋补。他伤好了，归队了，进城了，最后当上不怎么"区区"的省府厅长，忙而善忘，哪有工夫记起大别山以及大别山中有过的救命恩人！但离休后忆起往昔的峥嵘岁月，乃有一次寻访古战场旧踪之游，并备办了一份礼物去探望当年救死扶伤的恩人。只见这位当年的小伙子已变成倦悴的老头，独身一人在山间小木寮中烤白薯吃，厅长自报来历后，递上礼品，千恩万谢地说今天就住下不走了，要在这木寮中相偎"三同"两天，重温当年的军民鱼水情。两天中，厅长执老弟礼甚恭，尽拣些熨心话来说，告别时还掏出几百元相送，还保证说今后有生之年"一定再来拜望您老哥"云云。不料老农木然地问道："是不是又要打仗了？"

原来长期在闭塞的深山中农民，他把久违的当年小伤兵老了忽然又无端出现，还带来好意好话和厚礼，他理解不了，以为又要打仗了，用得着他去送军粮背负伤员了，于是忘了几十年的人忽然又记起了，才如此客气地又上门了。这些年他见到哄人的做作性表演太多，无师自通地浸染了我们民族的做戏文化，变得世故了，所以把真诚上门叙旧情报大恩的厅长见外了，见疑了，以为无非又在做戏给他看。

　　我不知道这种多疑是多余的还是必要的？碰上这种多疑该啼笑皆非呢抑或啼笑皆是？——在这做戏癖未泯的时代。

【原载 2000 年第 10 期《杂文月刊》】

减 肥

减肥，现在已经提上许多人的"议事日程"了，有人对自己的"髀肉复生"，既悲哀又惶急，终日打听、交流如何变瘦的信息与心得。记得四十年前可是另一番景象，"唯我彭大将军"为国人的肚皮"鼓与呼"而罹罪以后，凡我百姓均为"共体时艰"而噤口，人们早已不知"心宽体胖"是怎么一回事，只知道世间有两两计较的粮食定量制，大家都无师自通地知道什么树叶可以果腹，什么草根可以免浮肿。当时却听说正在中国颐养的西哈努克亲王向周总理打听能否给他找一位减肥医生，周总理向他抱歉道：我们中国医院均无减肥科，这种医生还是到你泰山家的法国去找吧。这消息我从小道边耳食后，有点悒然而又惬然，心想，这还不简单，只要你亲王肯屈尊与我"三同"一个星期，准保把贵体的肥全部减掉，像区区一样瘦骨伶仃——不过，当时被"派"为"右"之身，只能把这虽然有效，却与我身家有损的良策忖于深心，不敢"乱说"的。

幸乎不幸乎，而在事隔四十年以后，连我这当年未瘦死的"分子"，也露出肥态了，有渐窄的衣带为证。虽然明知肚内不过是劳碌换来的饭食，绝非什么满腹经纶或民脂民膏，但毕竟也有点危机感，生怕肥不去，类乎"封资修"的漫画像——当然，还不至于去吃减肥药。

肥，莫非是生活安逸的衍生现象或者踌躇满志的伴生现象？到底是先肠肥后脑满还是先脑满而后肠肥？那些枪终路寝的巨贪们到底是先昏后贪还是先贪后昏，孰先孰后，谁因谁果大概连胡长清、成克杰也没有反省出其中道道。而胡长清的认罪书上则有句曰"党性严重不纯，把自己混同于一名普通老百姓"云云。披阅后，真是欲叹气噎，盖敝人乃一个"普通老百姓"焉，未曾贪污腐化，何劳胡长清之流来"混同"！即以减肥而论，胡长清们要减的是富态，以便在浅薄者那里博得个"瘦必廉"的名声，而我的减肥目的则简单得多，那就是弯腰系鞋带时免得板油把丹田挤得发喘而已。但明白人并不以肥瘦论良莠，董卓、袁世凯很坏并不由于肥，康生、林彪很奸也绝不因为瘦。

虚伪者惯于把虚胖乃至于浮肿说成发胖进而美称为发福，自我宽慰，自我吹嘘，这几乎形成颇具中国特色的一种文化心态。早年有人把人口膨胀看成"热气腾腾"的好事，几乎误了国；现在有人把机构臃肿看成事业发展的象征，以至一个乡吃皇粮的甩手干部就可能坐满两桌，一个县开"副局长以上干部会议"，到会者就可以挤满一个礼堂。人头济济并不等于人才济济，人人有衔并不等于事事有人做。有限定额的"皇粮"不够，就只好变成各种名目的"费"摊收于农民。既然把浮肿视作发福，每次的减肥亦即"精简"、"分流"，就被各种花样混没了。植物上有一种可怕的灾害叫作"疯长"，亦即有些灌木类、藤本类或单子叶植物在繁殖过程中不务正业，把所有养分全部用在"枝繁叶茂"上乃至于浪费在"繁花似锦"的虚假浮华上，而最终连一个果实半个种子也乌有，生命就提前枯竭枯萎了。熊猫赖以果腹的箭竹，每遇到生存条件的厄运时，就潦草地提早开出蔫蔫的小花，大片枯死，把保护区里的熊猫饿得嗷嗷叫。这种"箭竹开花"，实际是化装成喜剧的悲剧，有如当年收获"乌有"的"大跃进"，也有如曾引起许多人痛苦回忆的水肿病。善于以杂文入诗的聂绀弩有句曰："只觉今冬肿更浮"，逐的就是那段无奈逝波的悲欢。

　　人口的盲目增殖，也可以算是人类学意义上的肥胖症或浮肿病。马尔萨斯的人口论指出人口的陡增会导致社会性的饥饿或战乱。联合国粮农组织一位姓卡斯特罗的巴西籍专家（生前曾于上世纪五十年代到我国作过学术讲演),对马氏的人口论作了令人吃惊的发挥,说是马氏理论的逆定理也成立,可作出这样的反推导:饥饿战乱也可以使人口陡增。人们在恶劣的生存环境中会不自觉地潦草地繁殖后代,非洲、亚洲的人口增殖率大,原因就在此。这位专家还以几组白鼠作为对比试验,结果是在安静环境中有营养的白鼠的后代少而健,在噪声、闪光、缺饮少食中的白鼠生的后代多而孱弱且易夭折。这学说,这实验,说明靠人多造成"热气"是大不了也持久不了的,靠虚胖装点出的福气(即所谓"发福")也是骗人误人的。

太瘦令人哀怜,而太胖则叫人顿生疑俱。1932年3月,何香凝对当时某些"一阔脸就变"的国民党要人,对他们早年忝为孙中山的革命信徒,亦即廖仲恺的生前友好,背离了当年的革命初衷,坐入南京城"装正经"、"想拳经"、拥权自肥的作为,十分蔑视,她向记者发出檄文般的谴责:"当日唯恐其不起者,今日唯恐其不死"。(鲁迅是赞同这种谴责的,有《内外》一文以志)我想,抱着类似的失望甚或绝望之情,对那些既肥且腐,曾苦已忘的刘青山、张子善之流,也会发出其同样的诅咒:"当日唯恐其瘦死者,今日唯恐其不肥室。"

【原载 2001 年第 1 期《杂文月刊》】

批　　示

我们年轻的法制，在古老的国情轨道上运行，不知是法制本身的体质太单薄呢，还是国情轨道太糙涩了，运行起来步履显得很趑趄很疲塌，每每有待扬鞭才奋蹄。

报上常见的警讯导报道中，每有"案情就是命令"的生花妙笔，而更易见到的情况是，真正能使法务启动或加速运行的，有比"案情"本身更具命令效应的因素——那就是某一位司权者对某一群司法者的"批示"，或者还加上某些动情者在媒体上声泪俱下地对当代"包青天"的吁求。当然，批示与吁求两者相较，批示是居高临下的，吁求是仰首乞怜的；批示是督办的，要求立竿见影；而吁求顶多起个催办作用或起些备忘作用而已。

比如，某一猛人及其猛车闯祸后逃逸了，轮下的新鬼死状至为惨烈，逃逸者不停不救不睬的卑劣行径也使路边的众多目击者哗然大吆大愤，于是办案部门也就循章依矩的立案，按部就班地办案,至于办案的进度和力度,破案结案的决心与信心,"公事"是否能"公办",就会遇到许多变数,许多不测风云,许多隐性的"摩擦系数",许多说情风、托情风、裙边风、枕边风,乃使承办者有"初查决心大、再查害了怕"的尴尬。这时候,颇具中国特色的"批示"起作用了,某长及时雨似地批示曰:"不管什么人,都要一查到底,依法严办!"这不但给办案者壮了胆,撑了腰,法律之刀也就淬了火,法治之帆也就得了风,群情也因之大受鼓舞。

  在这种场合,"批示"的确起到了兴奋剂或助推器的作用,然而同时也会产生一种叫"激素依赖"的后遗症,此后缺了"批示"的激励,法制就会举步维艰,有法可依有例可循的行政或司法活动,也须有待批示,否则就不知案该如何立事该如何办。曾见某地发生劫匪绑架人质事件,公安人员本可按常规常识,相机用各种合法而灵巧的手段去营救人质制服绑匪,这不但是他们的职责,也是他们的专长,其实无须市里或局里的什么长再发布什么"尽量减少牺牲尽快营救人质"之类的批示,因为这些办案的"注意事项"或"努力方向"并无突出的见解,是连初中学生也周知的常情常理,忙碌着的办案人员何劳你去叨叨提醒!难道消防队在奔突救火时,有闲情听谁在阵前发布："一定要把损失减少到最低限度，把火势控制在最小范围"之类的放诸任何救火场合而皆准的万能指示——其实也是蛇足指示。

在法治尚未步入康庄大道，人治尚有"用地之武"的新旧拉锯之秋，某些被责成依法办案依法办公者，总觉得光依点"法"，心里还不够踏实，总希望还依仗点法外或法上的首长批示，方觉六神更有主，立论更有据，举步更有神。而发批示成癖的领统一方的父母官们，也爱动不动发布点可有可无的批示，以表明自己的存在，更显示自己的身价，其意或许是为了促法、导法、约法，殊不知也起到了贬法、伤法、侵法的作用，无助于法治，反而彰化了人治。

我国是有漫长人治履历的古国，一向不太了然法治为何物，牧民者惯于作出各种各样的批示，亦即作出各种各样的指令、训令、手令、勒令之类，驭群僚，操众庶的生杀予夺，造就了黑暗而漫长的封建社会。而即使后来《社会主义好》响彻大江南北以后，法治的气候仍未成，法治的观念仍未立，一些"阅尽人间春色"的"风流人物"，仍惯作"和尚打伞无发（法）无天"的"横空出世"状，用层出而善变的批示指示去指点江山喝令黎庶。一句某人的大字报"写得何等好啊"的批示，其威力就超过宪法，足可使共和国的主席倾颓；一句某某"是个好同志"，就足以恩准一位元帅留在"好人"队列中，赦免了"打翻在地"的厄运，不过这种靠浪漫的诗情去治国，只会给历史留下悲剧。而现在，靠批示为政务为法制起兴奋或助推作用，大概是弊多于利的，不管批示是出于即兴的浪漫主义或由衷的实用主义，都是昨天的悲剧的余绪而已，都是不值得宝爱的。

【原载 2001 年第 8 期《杂文月刊》】

恐惧、恐吓、恐怖

9·11恐怖袭击事件之后,一个口号在全世界响起——反对恐怖主义!世界毕竟有众多的正直而善良者,他们没有被恐怖暴行的震波所吓昏,用各种形式谴责这种戕害人类身心的鬼蜮恶行。即使那些曾对屏幕上飞机撞毁世贸大厦而拍手叫过好的浑汉,在这种情势下也噤口了。

而在一片声讨恐怖主义呼声中,我国政府郑重声明:"反对一切形式的恐怖主义"!对此我完全拥护。同时这使我联想到,反对恐怖主义的"一切名义"。窃以为,判别一切形式的恐怖主义也许并不很难,而借用一切名义亦即扯虎皮当大旗的恐怖主义,要识破,就得费点眼力和心机了,例如用"革命"之类名义的恐怖主义,就比赤裸裸的恐怖主义更有欺骗性,更害人父母,更误人子弟。本·拉登之流搞的阴谋暴力,用的是"圣战"名义;希特勒对犹太人的恐怖大虐杀,用的名义是"维护日尔曼民族的优越性";波尔布特把柬埔寨人杀掉三分之一,用的名义是"维护革命的纯洁性"。如此这般，焉能不恐怖！

是的，历来的革命、解放、独立之类的奋争，每每在刀光血影的映衬下开展的。从"夺过鞭子揍敌人"的直觉原始抗争，到战场上的"舍身炸敌堡"，乃至夺取政权后的"以红色恐怖回答白色恐怖"，这种"刺刀见红"的斗争白热化阶段，其情状的惨烈是不可避免并无可旁择的。当然，也有"不战而屈人之兵"的高明兵家，而即使既战并屈人之兵，也有不杀俘不虐俘的公约性的惯例在，许多文明之师并订为政策。而秦将白起在长平之役大捷后，竟凶残地将已放下武器的赵俘四十多万人全部坑杀，这就是恐怖行为！更因为是遵循了秦王朝的既定方针，所以其"恐怖"就带有"主义"的性质。

历来的革命家，似乎都是崇尚暴力的，这是由于"搬动一个炉子也要流血"（鲁迅语）的历史经验太多，谁耐烦去乞求放权！谁耐烦去改良！梁山好汉们就经常催劝他们的宋江哥哥"杀到京都去，杀了鸟皇帝，占了鸟王位，大家享福"。就这样一群人，你叫他们如何能戒绝"把那厮心肝炒来下酒"的恐怖癖好！越暴越烈的行动就越解恨越过瘾。这就是向来暴民对待暴政的办法。

但暴力与恐怖并不是一回事，只有暴力一旦装上了残忍和阴谋这两扇翅膀，才能构成恐怖主义的魔煞，如果再服以真疯或者佯狂的兴奋剂，这魔煞就横空出世灭尽人间春色了。"文革"何尝不是一场恐怖主义的大梦魇！有人问刚从"文革"的牛棚中蔫然归来的老作家沙汀："'文革'到底是一场悲剧呢还是喜剧？"沙汀说：我只能告诉你，我们这些"牛鬼蛇神"被关入牛棚之初，裤腰带就被收走（红卫兵说是怕我们用裤带上吊"畏罪自杀"），而又被强令晨昏都跳"忠字舞"，我们只好愁眉苦脸地用手提着裤子跳，人老了，一不小心裤子就失控下滑，红卫兵就骂我们，说我们不忠……你说这是喜剧还是悲剧呢？——按说这很难定其剧之悲喜，其实是一场恐怖的闹剧。"文革"的过来人，都曾有过"余悸"，"悸"者，被恐怖的场面恐吓得胆战心惊之谓也。恐怖行为不但使一些人的生命财物受到毁灭，也使更多人心理上感到恐怖，这是对人类身心的双重戕害，因此世界法学界新增了一个罪名，叫"反人类罪"。从"反右"扩大化到"横扫"，从"抄家扫四旧"到"狠斗私心一闪念"，就有人乐此不疲地反人性反人道反人类，有串串鼻青脸肿的牛鬼蛇神挂着铁牌打着赤脚游街为证……

看报纸，得知巴勒斯坦有些亡命之徒，在自己身上捆着大量的烈性炸药，混入犹太人的居民密集点引爆，轰然一声巨响，弄得一片血肉横飞，也包括他自己那一份血肉。事后他所在的组织，就褒他为烈士，给其遗属以优抚，并立即向媒体公告，"对这一起爆炸事件负责"，远在伊拉克的萨达姆，也会积习成例地派人送去唁恤金两千五百美元（听说最近上调为三千美元，也许是"石油换食品"进账日增了吧），这种对人肉炸弹敢死行为"备极哀荣"的做法，颇具"好汉做事好汉当"的古侠本色，比阿Q明明偷了静修庵的萝卜，被老尼姑碰见还撒赖："这是你的萝卜？你能叫得它答应你么？"中国以往的恐怖行为实施者也一样畏葸胆怯，抗战时国民党特务把一些地下共产党人投入嘉陵江溺毙事后被发觉了，重庆卫戍司令部的发言人说死者是"自行落水"的。"文革"时，海军将领陶勇被林彪反革命集团酷刑致死后，投入井中，暴徒们竟说他是"畏罪自杀"的。这是见之于文史资料的记载，叫你不得不惊服于国人在这方面的"智商"高人一等。有些人玩起恐怖主义来，善于作没事人状，甚至装成受损害的弱势者，也痛哭流涕地去"控诉"恐怖主义的罪恶。

鲁迅称赞广东人迷信也迷得认真而且有气魄：对街砌起了老虎招牌，盛气凌人邪气也凌人，街这边的店东认为是一种威胁，马上塑出一个武松，连其眼睛也装上如炬的电灯，作为镇邪的反击。鲁迅说，相比之下，我们浙江人就畏葸多了，只舍得用一张小纸条，写上"姜太公在此，百无禁忌"贴于墙旮旯里，以求得心理的苟安。——鲁迅所发现的是一种中国式的勾心斗角文化心理。耽于名而荒于实；斤斤于小计小较，漠漠于大是大非。"文革"时，红卫兵们时兴组成各种"造反兵团"，十来个人三两条枪，从《语录》上寻个响词做招牌（例如"起宏图"兵团、"快马加鞭"司令部之类）就可以树旗开张上街打砸抢了，也可以设牢捉人来拷打过瘾了。四川有一位闲汉头上有两三块连阿Q也认为"不足贵"的癞疮疤，他造反心切，到各"兵团"去报名请缨，都被各司令拒纳，唯一的原因是嫌他头上的癞疮疤有碍"军容"，并会给敌对兵团或兄弟兵团作为嘲笑的口实。可把这位癞哥气得上了火，于是他自己愤而组织一个"兵团"，自封"司令"，这一消息一下子传到全市其他也正因为头上有疤"造反"无门的三十多名"战友"耳里，大家闻风雀跃，迅即"聚义"在他的麾下当起指战员来，由于积恨太深，所以打砸抢起来十分了得！然而人们并不叫他们自称的"大渡桥横兵团"，一律叫他们为"癞子兵团"，虽然他们在夏天也总戴着藤帽，仍难掩其癞，这很使癞哥们气苦。特别是，与他们作对的一个"兵团"，就在他们附近的大楼里播放他们自编的三重唱《语录歌》："我们都是来自五湖四海，为了一个革命的共同目的，走到一起来了……"时，有意把"来自"唱得特别响，听来就好像"我们都是癞子（来自）"，这对那群癞哥说来，真乃"是可忍孰不可忍"，乃派出几名敢死队满身捆着炸药包，在其他癞哥的机枪火力掩护下，集体向悬有广播喇叭的大楼冲去，轰然一声巨响，大楼倒塌了，"来自"的广播声也停息了，双方共几十个红卫兵也不知为何兮报销了，虽然壮烈得很恐怖，恐怖得很壮烈，但毕竟仍是小家气，为的是不足挂齿的小是小非，甚至连是非也沾不上边。凡是莫名其妙地去杀人或自杀，凡是师出无名地去残害社会，是一切恐怖主义者的行为特征，不管他们用似乎很堂皇的名义，或用拈不上筷子的卑琐名义，或者简直什么名义也不用，都无助于掩藏他们的卑劣与愚昧。

　　前些时，莫斯科曾发生车臣恐怖分子绑架正在剧场看演出的八百多观众为人质的事件，两三天后，俄国特种部队动用了麻醉气雾成功地歼捕了歹徒，使六百多人质得以生还。看这类新闻时，我爱把自己设身处地摆进去，设想我也是此时彼地的人质之一，我将何以自处？何以自拔？是希望有人越快越好地前来乒乒乓乓地解救呢，还是组织同囚的难友冒死冲上去把歹徒们咬一口，让其知道"中国人民是不好惹的"，乃籍以脱遁呢？或者耐心等待反恐部队作好万无一失的部署，使人质百分之百地全身以退呢？我这个人太性急，不耐烦于在绑匪的凌辱下度日如年地打熬"次囹圄"的生涯，长痛不如短痛，但愿特警立马前来大刀阔斧地解救，因而受到误伤乃至误死，我也毫不怨尤，不会挑剔及时雨般的"句号"画得不太圆美。

但我想，我这性急而奋勇的设想，征求过其他被绑难友的意见没有呢，人家未必像我一样把生死问题看得如此马虎的。而且我这想法乃是受东方传统的"宁为玉碎，不为瓦全"英雄观气节观教化的结果，这种教化是否适应新时势也难说。虽然我们古国也有"大丈夫能屈能伸"的格言与之并行，但向来父教子、将教兵、官教僚都奉"玉碎说"为圭臬，视"屈伸说"为邪道。太史公为战败被羁留在匈奴思归不得的李陵说了几句体谅的话，便受皇帝的宫刑，即被阉割得不男不女，痛苦地度其余生。汉家天子的意思，你司马迁那支史笔再德高望重，竟敢为被俘而不死的李陵说好话，老子就派人把你的鸡鸡削掉，以正"玉碎说"的教化。但质诸近代人道主义和人本主义思潮，凡尊重人的价值和生命尊严的国度，都不把战阵上丧失了战斗力又无突围逃生之望的人，即使不死而被俘、被俘而不死，也不视为可耻或有罪。二战期间作家萧乾被大公报派往欧洲战场作战地记者，且被盟军司令部纳入军人编制，并授以上尉随军记者军籍，在一次大战役的前夕，司令部通知他改挂少校军衔，萧乾受宠若疑地说这何必呢，他本是一个"不带地图的旅人"，并不想在军中谋一官半职的虚荣。但上级告诉他，升他一级是准备他一旦被德军所俘，按照《日内瓦公约》，可以享受校级而不再是尉级的战俘优待，其他的军官都作了类似安排的，并非你萧乾特别。恶仗还没有打响，就准备被俘，而不是像有些国度的传统做法：灌输以"宁为玉碎，不为瓦全"的励志教育，还告诫他们一旦落入敌手就一边自戕以殉国，一边高歌以明志。

十多年前中东的"沙漠风暴"之战中，美军一战机为伊拉克的地面炮火所击中，一位女飞行员跳伞逃生时被巴格达的的御林军所俘，押她游街，组织市民对她吐唾沫以外，还殴打她，羞辱她，甚至强暴她，更逼她朗读代拟的文稿，大骂老布什、大赞萨达姆，并录以广播。其后被美方以交换战俘的方式，把她接回美国，受到凯旋英雄般的盛大欢迎，并未追究她连"瓦"也不"全"的失身失节。在旧中国，被兵匪强奸过的妇女，只有跳井上吊才能洗刷耻辱，乃至上烈女碑节妇坊，如果居然活下来，她会被蔑视的唾沫淹死的。

这些年，包括我国在内的各国民航公司，都对其空勤的机组人员发出指示，要求从机长到空姐在遇到恐怖分子劫机时的应付原则：千万要把乘客的安全定为前提，为了乘客免遭不测，可与劫匪作各种策略性的周旋，虚与委蛇，即使劫匪提出改变航向、航程或降落其指定场地的苛求，也不妨予以妥协和迁从，千万不可硬顶硬拼，导致机毁人亡。贪生怕死固然是一种不足取的保命哲学，但尊重别人的生命权，珍惜大家的生存价值，应该是值得发扬的善良人性，应该是在反恐中共鸣的心态。这也正是人们见到或听到恐怖的残忍恶行时，先觳觫后愤怒的"好生之德"。

鲁迅说辱骂和恐吓决不是战斗，我想恐吓和恐怖也终难使人类恐惧而不自拔。但一次次恐怖暴行的震波，毕竟也使社会造成一时的纷扰和文明进程的一阵搁浅。二战时，反法西斯巨将和民主的巨匠罗斯福曾揭橥"四大自由"，除传统的言论、宗教信仰自由以外，还加上经济上的"免于匮乏的自由"和心理上的"免于恐惧的自由"，后者越来越显得重要。试想，一个人总是胆战心惊地度日，何以为生！这正是恐怖主义所要造成的恶果。难怪睿智的周恩来在1945年12月23日在重庆的一次谈话中就先觉地称赞过这种自由。

【原载 2002 年 12 月 24 日《杂文报》】